Die drei ???® *Kids*

Radio Rocky Beach

D0888433

STECKBRIEF

Name:
Justus Jonas

Alter:
10 Jahre

Adresse:
Rocky Beach, USA

was ich mag:
essen, lesen, unbeantwortete
Fragen + Rätsel aller Art, Schrott

was ich nicht mag:
wenn ich Pummelchen genannt
werde, für Tante Mathilda aufrä...

was ich mal werden will:
Kriminologe

Kennzeichen:
das weiße Fragezeichen

ST

Nar
P

Alt

Ad
Ro

was ich mag:
schwimmen,
Justus und

was ich nicht mag:
für Tante Ma
räumen, Ho

was ich mal werden
Profisportler,
100 Jahre al

Kennzeichen:
blaues Frag

Ulf Blanck, 1962 in Hamburg geboren, hat neben seinem Architekturstudium jahrelang in einer Theatergruppe gespielt und dabei sein Interesse für Bühnenstücke und das Hörspiel entdeckt. Heute arbeitet er als Moderator, Sprecher und Comedy-Autor bei verschiedenen Hörfunksendern. Nach ›Panik im Paradies‹ ist ›Radio Rocky Beach‹ der zweite, unabhängig zu lesende Band der Abenteuerreihe mit dem berühmten Detektiv-Trio Justus, Peter und Bob — für jüngere Leser ab acht Jahren!

Die drei ???® *Kids*

Radio Rocky Beach

Erzählt von Ulf Blanck

Mit Illustrationen von Stefanie Wegner

Deutscher Taschenbuch Verlag

Weitere ›Die drei ???® *Kids*‹-Bände sowie das gesamte
lieferbare Programm von <u>dtv</u> junior finden sich unter
<u>www.dtvjunior.de</u>

Ungekürzte Ausgabe
7. Auflage 2011
2004 Deutscher Taschenbuch Verlag GmbH & Co. KG,
München
© 1999 Franckh-Kosmos Verlags-GmbH & Co. KG, Stuttgart
Mit freundlicher Genehmigung der Universität Michigan
Based on characters by Robert Arthur
Umschlagkonzept: Balk & Brumshagen
Umschlagbild: Stefanie Wegner
Satz: Fotosatz Reinhard Amann, Aichstetten
Gesetzt aus der Advert 11/18˙
Druck und Bindung: Druckerei C. H. Beck, Nördlingen
Gedruckt auf säurefreiem, chlorfrei gebleichtem Papier
Printed in Germany · ISBN 978-3-423-70810-4

Radio Rocky Beach

Hektik bei Titus

Endlich war es Freitag. Das Wochenende stand vor der Tür und Justus Jonas lag zufrieden auf seinem Bett und las in einem Kriminalroman. Den ganzen Nachmittag war es still im Haus gewesen, doch plötzlich hörte er von unten lautes Gepolter. Er wusste sofort, was los war, und legte das Buch beiseite. Vorsichtig öffnete er die Tür und ging zur Treppe. Sein Zimmer lag im Dachgeschoss und vom Flur aus konnte er nach unten in die Diele gucken. In diesem Moment sprang die Wohnzimmertür auf und Tante Mathilda stürmte heraus.

»Diesmal kommen wir zu spät!«, rief sie atemlos. »In einer halben Stunde beginnt die Vorstellung und wir stehen hier noch rum.«

Hinter ihr trottete Onkel Titus und versuchte mühsam eine Fliege umzubinden. »Wenn ich nicht diesen Propeller knoten müsste, wären wir schon längst im Auto«, murmelte er vor sich hin.

Justus saß auf der Treppe und beobachtete die

beiden. Jedes Mal das Gleiche, dachte er und musste grinsen. Alle zwei Monate war es so weit: Tante
Mathilda und Onkel Titus gingen ins Theater. Justus

war froh darüber, denn an diesen Tagen hatte er das Haus ganz für sich allein.

»Hast du die Autoschlüssel?«, fragte Tante Mathilda aufgeregt und zupfte an Onkel Titus' Fliege herum.

»Zieh das Ding nicht so stramm!«, keuchte er.

»Hast du sie nun oder hast du sie nicht?«

»Die liegen bei den Theaterkarten, Mathilda.«

»Und wo sind die, bitte schön?«

»Weiß ich nicht. Du musst sie haben.«

Gerade wollte Tante Mathilda sich richtig aufregen, als Justus dazwischenging. »Die Schlüssel und die Karten liegen wie immer in Onkel Titus' Hut«, lachte er. Tante Mathilda hatte die Angewohnheit, alles Wichtige in den Hut zu legen, doch leider vergaß sie es in der Hektik jedes Mal.

»Sag jetzt nichts, Titus!«, mahnte sie und stopfte beides in ihre Handtasche. »Und du, Justus, bist spätestens um halb zehn im Bett und putz dir danach die Zähne!«

»Kann ich es auch umgekehrt machen?«, fragte Justus unschuldig und Onkel Titus grinste ihn an.

Jetzt musste auch Tante Mathilda lachen. »Ja, ja, macht euch nur lustig über mich. Ich glaube, ich werde alt.« Sie gab ihm einen Kuss auf die Stirn und verließ mit Onkel Titus das Haus.

»Puh, endlich geschafft«, atmete Justus auf und schlenderte zur Küche. Im Kühlschrank fand er versteckt hinter den Marmeladengläsern noch eine kalte Cola. Durchs Fenster konnte er hören, wie Onkel Titus seinen alten Transporter startete und über den Kiesweg rollte.

Erwachsene sind komisch, dachte er und lief schnell wieder auf sein Zimmer. Mittlerweile war es kurz vor acht und Justus schmiss sich fröhlich in seinen Sessel. Er ließ die Beine über die Lehne baumeln, auf dem Bauch eine Packung Chips. Dann beugte er sich zufrieden nach vorn, streckte seinen Arm aus und schaltete den Apparat ein. — Nein, nicht den Fernseher. Justus hörte Radio!

Tantenalarm

Das Radio war ein alter Röhrenempfänger von Onkel Titus' Schrottplatz. Zwei Tage hatte Justus mit seinem Onkel damals an dem Kasten herumgebastelt, bis er wieder Töne von sich gab. Nur das Knistern und Rauschen aus dem Lautsprecher ließ sich nie ganz abstellen. Justus schien das aber nichts auszumachen und er blickte gespannt auf seine Armbanduhr.

Um genau acht Uhr verstummte das Rauschen und eine tiefe Männerstimme war zu hören: »Hi, hier ist euer Wolfman und ihr hört Radio Rocky Beach, den coolsten Sender zwischen Miami und Alaska. Wir sind wieder auf Sendung.«

Darauf hatte Justus so gespannt gewartet. Jedes Wochenende von acht bis Mitternacht sendete Radio Rocky Beach ausschließlich Wunschhits. Wolfman war der kultige DJ, und obwohl jeder seine Stimme kannte, hatte ihn noch niemand zu Gesicht bekommen. Und das aus gutem Grund: Radio Rocky

Beach hatte keine Genehmigung der Behörden — es war ein Piratensender.

»Warum können Lehrer nicht tauchen?«, fragte Wolfman und machte eine kurze Pause. »Weil sie so hohl sind«, lachte er und Justus lachte mit, obwohl er den Witz schon mal gehört hatte. Die ganze Sendung über konnte man anrufen und sich Musiktitel wünschen, Freunde grüßen, von Partys erzählen, Gerüchte verbreiten oder nur mit dem DJ rumquatschen.

Die Anrufe wurden von einer Lara entgegengenommen, und wenn man Glück hatte, stellte sie einen direkt zum Moderator ins Studio durch und man war ON AIR, auf Sendung. Wer am Wochenende nicht Wolfman gehört hatte, konnte am Montag in der Schule nicht mitreden.

»Leute, ruft mich an und schüttet euer Herz aus. Habt ihr Liebeskummer oder seid einfach nicht gut drauf — Wolfman wird's schon richten. Rocky Beach, könnt ihr mich hören? Hier schlägt das Herz von Kalifornien.«

Gut zwei Stunden vergingen, als plötzlich das

Telefon klingelte. Mit einem Satz sprang Justus aus dem Sessel und rannte die Treppe hinunter.

»Hier ist Justus Jonas«, meldete er sich.

»Hallo, Just. Ich bin's, Peter«, hörte er auf der anderen Seite der Leitung. »Hörst du auch gerade Wolfman?«

»Logisch. Warte mal, ich geh eben nach oben in mein Zimmer«, rief Justus zurück und zog an der Telefonschnur. Sie reichte genau bis in sein Zimmer. »Was ist mit Bob?«, fragte er.

»Den rufe ich gleich an und wir machen eine Konferenzschaltung.«

Peters Eltern hatten eine Telefonanlage, mit der man sich zu dritt unterhalten konnte. Kurz darauf meldete sich auch Bob. »Hi, hier ist Bob, und zwar der coolste Bob in Kalifornien und dem Rest der Welt«, grüßte er übermütig.

Justus, Peter und Bob saßen gemütlich in ihren Zimmern, hörten die Sendung von Wolfman und redeten wild durcheinander.

»Ich finde, unsere Eltern könnten jedes Wochenende ins Theater gehen«, meinte Peter.

»Von mir aus sogar jeden Tag«, setzte Bob noch eins drauf. Tante Mathilda, Onkel Titus und die Eltern von Peter und Bob besuchten regelmäßig zusammen die Vorstellungen.

Peter steckte sich eine Hand voll Gummibärchen in den Mund und schmatzte durchs Telefon: »Ich würde gern mal das Sendestudio von Wolfman sehen.«

Justus schmatzte mit Chips zurück und enttäuschte ihn: »Das kannst du vergessen. Keiner weiß, woher Wolfman sendet. Wahrscheinlich hat er ein mobiles Studio und fährt damit in der Gegend herum.«

»Woher willst du wissen, dass Wolfman fährt?«, bemerkte Bob. »Vielleicht sitzt er ja auch in einem Hubschrauber oder in einem U-Boot direkt vor der Küste von Rocky Beach?«

Diese Vorstellung fanden alle drei sehr aufregend und sie erfanden immer wildere Theorien. Der Radiosender wurde zunehmend geheimnisvoller, bis er am Ende sogar in den Besitz von Außerirdischen gelangte. Mittlerweile war es schon nach elf, als bei Justus plötzlich eine Glocke laut bimmelte.

»Tantenalarm!«, rief er in den Telefonhörer und Peter und Bob wussten sofort, was los war. Tante Mathilda und Onkel Titus kamen in diesem Augenblick aus dem Theater zurück. Sie hatten das große Tor zum Grundstück geöffnet und fuhren nun in dem alten Transporter auf das Haus zu. Was sie nicht wussten, war, dass Justus an dem Tor einen Faden angebracht hatte. Dieser Faden verlief quer durch den Garten und endete an der Glocke in seinem Zimmer. Sobald das Tor geöffnet wurde, zog sich der Faden stramm und es begann zu bimmeln.

»Sie kommen!«, rief Justus hastig. »Eure Eltern müssten auch gleich zu Hause sein. Wir sehen uns

morgen in der Kaffeekanne.« Blitzschnell rannte er
die Treppe hinunter und stellte das Telefon wieder
auf seinen alten Platz in der Diele. Hinter der Tür
vernahm er schon das Klimpern von Schlüsseln und
Justus schaffte es in allerletzter Sekunde, unbemerkt in sein Zimmer zu rennen.

»Es ist schrecklich«, hörte er Tante Mathilda
jammern. »Was sind das nur für Zeiten. Alles ist
weg. Man mag ja nicht mehr das Haus verlas-

sen …« Justus presste sein Ohr an die Tür, um alles mitzubekommen.

Onkel Titus schien sie zu beruhigen: »Nun reg dich wieder ab, Mathilda. Man kann alles ersetzen.«

Das war zu viel für Justus' Neugierde und langsam öffnete er die Tür. »Was ist denn los da unten?«, fragte er unschuldig.

Die beiden sahen zu ihm hoch und antworteten im Chor: »Der Wagen ist aufgebrochen worden.«

Spurensuche

»Der Wagen ist aufgebrochen worden?«, wiederholte Justus ungläubig.

»Ja, jemand hat die Scheibe eingeschlagen und meinen schönen Mantel gestohlen«, jammerte Tante Mathilda. »Ich habe ihn extra im Auto gelassen, um die Garderobe zu sparen. In den Manteltaschen hatte ich meine gesamten Papiere, die Monatskarte für den Bus und mein Telefonbüchlein.«

»Und weißt du, was das Schlimmste ist, Justus?«,

fuhr Onkel Titus fort. »Meine Musikkassette ist weg.« Mit diesen Worten ging er traurig ins Wohnzimmer und setzte sich erschöpft auf das Sofa.

Justus war inzwischen die Treppe runtergelaufen: »Was denn für eine Kassette?«

Onkel Titus holte tief Luft: »Lange bevor sie berühmt geworden waren, gaben die Beatles ein Konzert in der Nähe von Rocky Beach. Sie spielten damals in einem kleinen Club am Hafen und kaum einer kannte die vier Engländer. Doch mir ist es gelungen, heimlich das Konzert mit einem Rekorder mitzuschneiden. Tja, und diese Kassette war die einzige Aufnahme auf der ganzen Welt. Hätte ich mir doch bloß eine Kopie gemacht.« Kraftlos ließ er seinen Kopf hängen und sah auf den Boden.

»Ich glaube, wir gehen jetzt alle ins Bett und sehen morgen weiter«, tröstete ihn Tante Mathilda. »Gleich nach dem Frühstück rufe ich Kommissar Reynolds an. Vielleicht findet er den Dieb? So, und du, Justus, legst dich schnell wieder hin, sonst kommst du morgen früh nicht aus den Federn!«

In diesem Moment bemerkte Justus, dass er noch

gar keinen Schlafanzug anhatte. Nur schnell nach oben, bevor Tante Mathilda das auch auffällt, dachte er und verschwand eilig in seinem Zimmer.

Im Haus wurde es allmählich ruhig, doch Justus lag noch lange hellwach unter seiner Bettdecke. Warum klaut einer Tante Mathildas Mantel, grübelte er vor sich hin. Oder wollte der Dieb nur die Kassette mit der Aufnahme von den Beatles? Aber dann müsste er ja davon gewusst haben — und eigentlich war es nur ein Erinnerungsstück. Vielleicht hatten Onkel Titus und Tante Mathilda etwas Wichtiges übersehen? Etwas, womit sich der Einbrecher verraten könnte. Manche vergessen einen Zigarettenstummel am Tatort oder lassen ihre Handschuhe zurück.

Justus hielt es nicht mehr in seinem Zimmer aus. Er krabbelte unter das Bett und zog eine Taschenlampe hervor. Geräuschlos öffnete er das Fenster und kletterte vorsichtig nach draußen. Unter ihm lag der Schuppen, in dem Onkel Titus seinen Lieblingsschrott sammelte. Von dessen Dach aus konnte er ohne Mühe in den Hof gelangen.

Auf dieser Seite des Hauses schien das ganze

Grundstück mit Schrott überhäuft. Für die meisten war es jedenfalls Schrott. Für Onkel Titus waren es wertvolle Rohstoffe, mit denen er handelte und sein Geld verdiente.

Es war stockdunkel und nur ein schwaches Mondlicht schimmerte durch die Wolken. Justus knipste die Taschenlampe an und ging auf den Wagen zu. In dem Lichtstrahl konnte er schon von weitem die eingeschlagene Scheibe auf der Fahrerseite erkennen. Der Einbrecher hatte anscheinend erst gar nicht versucht das Türschloss aufzubrechen. Entweder konnte er so etwas nicht oder er hatte einfach keine Zeit dafür gehabt. Es schien so, als hätte jemand blitzschnell und ohne zu überlegen alles zusammengerafft, was ihm in die Hände kam.

Wegen der kaputten Scheibe hatte Onkel Titus den Wagen nicht verschlossen und Justus öffnete leise die Tür. Überall lagen winzige Glassplitter herum. Außer dem Mantel und der Kassette war anscheinend nichts geklaut worden. Weder das Autoradio noch den teuren Taschenrechner im Handschuhfach hatte der Dieb mitgehen lassen. Justus untersuchte Stück für Stück den Wagen, als ihm eine Glasscherbe auf dem Boden auffiel. Vorsichtig hob er sie mit zwei Fingern auf und hielt sie unters Licht — an ihr klebte Blut.

Plötzlich hörte er Schritte auf dem Kiesweg. Blitzschnell knipste Justus seine Taschenlampe aus und rutschte vom Fahrersitz hinab in den Fußraum. Die Schritte kamen näher und jemand blieb direkt vor dem Wagen stehen.

Wer ist das, schoss es Justus durch den Kopf und sein Herz schlug bis zum Hals. Dieser Jemand hatte auch eine Taschenlampe und leuchtete von außen durch die kaputte Scheibe. Mit einem Ruck wurde die Tür geöffnet und ein greller Lichtstrahl traf Justus mitten ins Gesicht. Er setzte schon zu einem Schrei an, als eine vertraute Stimme sagte: »Justus, was machst du denn hier?« Es war Onkel Titus.

»Bin ich froh, dass du es bist«, atmete Justus auf und war sichtlich erleichtert. »Ich ... ich wollte nur mal gucken, ob der Einbrecher nicht irgendwo Spuren hinterlassen hat.«

»Auf Verbrecherjagd, wie? Und das mitten in der Nacht im Schlafanzug. Du bist mir ein schöner Detektiv.« Jetzt mussten beide lachen.

»Aber warum bist du hier?«, fragte nun Justus neugierig.

Onkel Titus rückte seine Brille zurecht und erklärte: »Ich wollte einfach nur sichergehen, dass meine Kassette nicht doch noch im Auto liegt. Sie könnte ja unter den Sitz gefallen sein.«

»Ich hab alles durchsucht, hier ist nichts«, enttäuschte ihn Justus. Die Sache mit der blutverschmierten Scherbe erzählte er lieber nicht.

»Wäre auch zu schön gewesen«, seufzte Onkel

Titus. »Ich denke, wir sollten jetzt schnell wieder ins Haus gehen. Tante Mathilda braucht nicht unbedingt von unseren nächtlichen Spaziergängen zu wissen, oder?«

Justus war damit sehr einverstanden und kurze Zeit später lagen alle wieder in ihren Betten.

Polizeiarbeit

Am nächsten Morgen saß Justus müde am Frühstückstisch und stocherte in seinen Cornflakes. Er hatte keinen Appetit und das kam sehr selten vor. Onkel Titus schien es auch nicht besser zu gehen, denn er trank eine Tasse Kaffee nach der anderen.

»Ihr seid mir vielleicht ein müder Verein«, bemerkte Tante Mathilda. »Man könnte meinen, ihr beide habt die ganze Nacht Verstecken gespielt.«

Onkel Titus nahm einen großen Schluck und zwinkerte Justus mit einem Auge zu. Justus grinste und sah zufällig auf die Uhr: Peter und Bob warteten bereits in der Kaffeekanne!

»Ich muss los!«, rief er und sprang vom Tisch auf.

»Aber du hast doch nicht mal aufgegessen!«, wollte Tante Mathilda gerade schimpfen, doch da war er schon zur Tür raus.

»Titus«, seufzte sie. »Warst du damals eigentlich auch so?«

Onkel Titus nahm die Serviette und putzte seine Brille. »Überhaupt nicht, Mathilda. Ich war ein ganz lieber, braver und höflicher Junge, der immer tat, was man ihm sagte.«

»Lügner«, lachte Tante Mathilda und verschwand in der Küche.

Mittlerweile saß Justus auf seinem Fahrrad und fuhr zur Kaffeekanne, dem geheimen Treffpunkt der drei ???. Dieser lag zwei Kilometer entfernt von Rocky Beach und war in Wirklichkeit ein ausgedienter Wasserspeicher für die alten Dampflokomotiven. Wie ein großes Holzfass stand er auf einem Gestell und hatte von unten eine Luke zum Reinklettern. An der Seite ragte ein schwenkbares Rohr heraus. Damit waren früher die Kessel der Lokomotiven mit Wasser gefüllt worden. Von weitem betrachtet sah der Speicher aus wie eine Kaffeekanne und wurde daher auch so genannt.

Justus lehnte sein Rad an einen Holzpfeiler, stieg an den Stahlsprossen nach oben und steckte seinen Kopf durch die Luke. Peter und Bob warteten schon auf ihn.

»Da bist du ja endlich, Just«, rief Peter und half ihm durch die Öffnung.

Die Kaffeekanne bot genügend Platz für drei Personen und allerhand Krimskrams. Hier lagerte alles, was man vielleicht mal gebrauchen könnte: ein kaputtes Schlauchboot, ein altes Fernrohr, Wolldecken und etliche Kisten, von denen keiner mehr wusste, was drin war.

Justus berichtete natürlich sofort, was sich in der Nacht zugetragen hatte. Peter und Bob hörten ihm gebannt zu.

»Eigentlich kann es nur jemand sein, der absoluter Beatles-Fan ist. Also ein alter Knacker wie dein Onkel Titus«, fand Peter.

Justus knetete an seiner Unterlippe: »Woher sollte der Täter von der Kassette wissen? Onkel Titus hat es keinem erzählt. Genauso gut könnte es eine Frau gewesen sein, die einen Mantel brauchte.«

»Also, eine Frau ohne Mantel, die auf die Beatles steht und Monatskarten für den Bus sammelt«, witzelte Bob.

»Vielleicht sollten wir gar nicht so sehr daran

denken, was der Dieb mitgenommen hat, sondern viel eher darauf gucken, was er alles dagelassen hat«, schlug Justus vor.

Peter schaute ihn verblüfft an und fragte: »Aber warum sollte uns das weiterbringen? Der Typ ging zum Wagen, zerschlug die Scheibe, setzte sich rein und überlegte, was er mitnehmen sollte, oder?«

»Just hat Recht«, entschied Bob. »Ein bisschen bringt uns das schon weiter. Der Täter hat sich erst gar nicht reingesetzt. Er schlug die Scheibe ein und griff nur mit dem Arm in den Wagen. An das Handschuhfach mit dem Taschenrechner kam er überhaupt nicht ran.«

»Genau, und er ging wahrscheinlich auch nicht zu Fuß auf dem Bürgersteig«, fuhr Justus fort. »Denn sonst hätte er die Scheibe auf der Beifahrerseite genommen. Ich denke, er kam mit einem Auto oder was anderem von der Straßenseite. Blitzschnell wurde die Scheibe eingeschlagen, dann schnappte er sich, was er in die Hände bekam, und weg war er. Um das Autoradio auszubauen, war gar keine Zeit mehr.«

Die drei ??? sahen sich zufrieden an, als hätten sie den Fall schon gelöst. Peter rundete die Theorie noch ab: »Und in der Hektik hat sich der Dieb beim Durchgreifen an dem Glas verletzt. Wo ist diese Scherbe mit dem Blut eigentlich?«

Justus erschrak: »Mist, die hab ich ganz vergessen. Das Beweisstück liegt noch im Wagen. Hoffentlich hat Tante Mathilda das Auto noch nicht sauber gemacht.«

Ein paar Sekunden später saßen die drei auf ihren Rädern und rasten zurück nach Rocky Beach. Als sie am Schrottplatz ankamen, stand ein Polizeiwagen vor dem Transporter und Kommissar Reynolds zog gerade einen Schreibblock aus seiner Uniform.

Tante Mathilda lief aufgeregt um ihn herum: »Wie gesagt, Kommissar, alles ist weg. Mein Mantel, meine Papiere, die Monatskarte für den Bus . . .«

». . . und Ihr Telefonbüchlein«, ergänzte Reynolds. »Sie haben es mir am Telefon schon zweimal aufgezählt.«

»Und meine Kassette. Vergessen Sie nicht meine Kassette mit den Beatles!«, rief Onkel Titus.

Tante Mathilda musste ein Formular für die An-
zeige ausfüllen und zog Onkel Titus ins Haus.

Die drei ??? gingen auf den Kommissar zu.

»Und euch ist auch was geklaut worden?«, fragte
der Polizist die drei.

Justus kniff die Augen zusammen und antwortete mit fester Stimme: »Nein, wir suchen nur ein
paar Antworten auf unsere Fragen.«

»Oha«, schmunzelte der Kommissar. »Vielleicht
könnt ihr mir ja auf die Sprünge helfen?«

Reynolds staunte nicht schlecht, als die drei ???
ihm ihre Theorie erklärten. Verdutzt rückte er seine
Mütze zurecht. »Dann werde ich euch mal was

sagen, Jungs. In den letzten Wochen und Monaten hatte ich haufenweise solcher Fälle auf meinem Schreibtisch. Ich glaube, ihr liegt mit eurer Vermutung gar nicht so daneben. Der oder die Täter kommen immer abends am Wochenende, schlagen blitzschnell zu und sind somit kaum zu fassen.«

»Diesmal hat er aber was dagelassen«, platzte Bob heraus. »Wir haben sein Blut.«

»Ihr habt was?«, fragte Reynolds ungläubig und nahm seine Sonnenbrille ab. Alle vier gingen zum Transporter und Justus suchte nach der blutigen Glasscherbe.

»Hier ist sie!«, rief er stolz und zeigte auf das Beweisstück. Der Kommissar war nun endgültig beeindruckt und legte die Scherbe in eine kleine Plastiktüte.

»Wisst ihr was, Jungs, warum kommt ihr nicht mit auf das Revier und wir gehen die ganze Sache noch mal in Ruhe durch? Ich nehme euch natürlich in meinem Auto mit.«

Das brauchte man den drei ??? nicht zweimal vorzuschlagen. Kaum hatte er es ausgesprochen,

saßen Justus, Peter und Bob auch schon im Polizeiwagen.

Der Kommissar sprach noch kurz mit Tante
Mathilda und setzte sich dann hinters Lenkrad.
»Blaulicht mach ich aber nicht an«, lachte er und
gab Gas.

Reynolds Revier

»44 an Zentrale. Ich komme jetzt zurück. Gießt mir schon mal einen Kaffee ein!«, rief Reynolds ins Funkgerät.

»Zentrale an 44. Haben verstanden und der Kaffee wird gerade frisch aufgebrüht«, krächzte es aus einem kleinen Lautsprecher zurück.

Der Kommissar grinste und nahm noch mal das Mikrofon in die Hand: »Ach ja, ich brauche noch drei Becher Kakao!«

»Wir sind hier kein Schnellimbiss, Reynolds!«, hörte man die kratzige Stimme antworten. Alle im Auto mussten lachen.

Kurz darauf parkten sie vor dem Polizeirevier von Rocky Beach. Sie gingen ein paar Stufen hinauf und standen dann vor dem langen Tresen im Inneren der Wache.

»Da hast du ja einen schönen Fang gemacht, Reynolds«, scherzte ein Polizist hinter dem Empfangstresen und deutete auf die drei ???.

»Lach nicht, Steven, das sind unsere neuen Mitarbeiter. Und wenn du nur halb so gut wärst wie die drei, dann gäbe es keine Verbrecher mehr in Amerika. So, Jungs, hier geht's in mein Büro.«

Justus, Peter und Bob liefen ihm hinterher. Ihnen war der Auftritt eben recht peinlich gewesen.

Reynolds führte die drei durch die Wache und redete ununterbrochen. »Also, da vorn ist die Telefonzentrale. Alle Notrufe aus der Gegend kommen hier an und werden direkt weitergeleitet an die Einsatzfahrzeuge draußen. Diese nette Dame hier am Funkgerät zum Beispiel ist für Kaffee und Kakao zuständig.« Die nette Dame zeigte ihm einen Vogel und nahm den nächsten Funkspruch entgegen.

Gerade wollten alle in Reynolds Büro eintreten, als sie vom Eingang her laute Schreie vernahmen.

»Was ist denn da los?«, rief der Kommissar und rannte in die Richtung. »Ihr bleibt hier und rührt euch nicht von der Stelle!«, mahnte er die drei ???. Doch die waren viel zu neugierig und liefen ihm hinterher.

Vor dem Tresen waren vier Polizisten damit beschäftigt, einem riesigen Mann Handschellen anzulegen. Ein Beamter wurde mit einem Fußtritt auf den Boden geschleudert und krachte gegen die Eingangstür.

»Ihr miesen Schweine!«, tobte der Mann. »Mich steckt ihr nicht in den Knast!« Aus allen Ecken kamen jetzt Polizisten angerannt und versuchten ihn in die Gewalt zu bekommen.

»Nun gib schon endlich auf, Big Ben!«, schrie Reynolds ihn an und bog ihm den rechten Arm auf den Rücken. Kurze Zeit später lag Big Ben an Händen und Füßen gefesselt auf dem Bauch und beschimpfte alle, die um ihn herumstanden.

»An sich ein netter Kerl«, keuchte der Kommissar und klopfte sich den Staub von der Uniform. »Nur wenn er was getrunken hat, weiß er nicht mehr, was er tut.«

»Was passiert jetzt mit ihm?«, fragte Bob neugierig.

»Nun, erst mal kommt er in eine unserer Ausnüchterungszellen. Morgen wird er dem Haftrichter vorgeführt und danach wird er eine Weile hinter Gittern sitzen. Big Ben ist Stammkunde von uns. Wenn ihr wollt, zeige ich euch mal unseren ›Knast‹. Dies ist zwar nicht das richtige Gefängnis, aber bis über den Fall entschieden wird, sind die Jungs hier gut aufgehoben.«

Peter fand die Idee gar nicht gut, doch er wurde von Justus und Bob überstimmt.

»Ich kann mir das überhaupt nicht vorstellen, eingesperrt zu sein«, sagte Bob, als sie alle zur Treppe in den Keller gingen. Unten angekommen standen sie in einem langen Gang, von dem aus links und rechts schwere Gittertüren abgingen.

»Ihr habt Glück, Jungs. Das Hotel ist zurzeit nicht ausgebucht und ihr habt freie Auswahl«, grinste Reynolds.

Kurz darauf fanden sich die drei ??? in einer kleinen Zelle wieder. Sie hatte kein Fenster und es gab nur einen Stuhl, eine Pritsche und in einer Ecke die Toilette.

Reynolds blieb draußen stehen und verschloss die Tür mit einem riesigen Schlüssel. »Ich mach das,

damit ihr euch vorstellen könnt, wie man sich hinter Gittern fühlt. Ich selbst habe mich mal probehalber einsperren lassen. Ich kann euch sagen, danach weiß man, was Gefängnis bedeutet. Nach zwei Tagen hab ich es nicht mehr ausgehalten.«

»Ich kann es mir jetzt schon vorstellen. Von mir aus können Sie uns wieder rauslassen!«, rief Peter zurück.

Reynolds klapperte mit dem Schlüssel am Schloss, doch die Tür ließ sich nicht öffnen.

»Ich hab's gleich. Irgendwas hakt an dem Ding. Ich versteh das nicht, da muss sich was verklemmt haben.«

»Das ist doch wohl ein Witz?«, jammerte Peter.

Doch er wurde vom Kommissar enttäuscht: »Tut mir Leid, mit so etwas würde ich keine Scherze treiben. Habt ein wenig Geduld, ich hol den Hausmeister.«

Damit verschwand er und die drei blieben allein in der Zelle zurück.

»Nun reg dich ab, Peter, der kommt gleich wieder und sprengt die Tür auf«, lachte Bob und legte sich auf die Pritsche. »Ich glaube, wenn ich hier richtig eingesperrt wäre, würde ich den ganzen Tag ans Ausbrechen denken.«

»Dann fang doch an einen Tunnel zu buddeln!«, meinte Peter genervt.

Justus sah sich in dem kleinen Raum um und überlegte: »Irgendwie gibt es immer einen Weg. Man könnte sich über die Tür hängen und warten, bis sie die Zelle sauber machen, und dann nichts wie weg. Ich hab das mal in einem Film gesehen.«

Peter musste jetzt doch lachen und machte vor, wie Justus mit Saugnäpfen an der Wand hochkrabbelte. Bob erfand anschließend die Hungermethode. Hierfür musste man so lange abmagern, bis man sich durch die Toilette nach draußen spülen konnte.

Doch dann kam endlich der Hausmeister und brach mit Gewalt das defekte Schloss auf. Alle waren froh, wieder in Freiheit zu sein.

Papierkrieg

»Tut mir wirklich Leid, Jungs. Ihr hattet doch keine Angst, oder?«, entschuldigte sich der Kommissar.

»Angst kennt keiner von uns«, lachte Bob und klopfte Peter auf die Schulter.

Sie gingen wieder die Treppe hinauf und aus einer der hinteren Zellen hörte man Big Ben wütend herumschreien.

Reynolds' Büro war voll gestellt mit Aktenschränken und vielen Regalen. Er setzte sich hinter seinen Schreibtisch, der überhäuft war mit Ordnern und stapelweise Zetteln.

»Tja, hier verbringe ich die meiste Zeit. Akten lesen, Berichte schreiben und den ganzen Tag gegen diese Papierflut kämpfen.«

Die drei ??? besahen sich das Chaos in dem Büro und setzten sich auf eine Holzbank.

»Haben Sie keinen Computer?«, fragte plötzlich Bob und zeigte auf die Zettelberge.

»Doch, doch, aber ich trau den Dingern nicht.

Und ein Computer hat noch nie einem Verbrecher Handschellen angelegt. Ach ja, und Kakao kommt auch nicht aus den Apparaten heraus. Ich hol euch mal eben welchen.«

Reynolds verschwand durch die Tür und Justus musterte neugierig den Schreibtisch. »Guckt mal, hier liegt ein ganzer Berg von gesuchten Kriminellen. Der hier sieht aus wie Big Ben mit Schnauzbart«, lachte er und hielt ein Foto in die Luft.

»Just, setz dich lieber schnell wieder hin!«, flüsterte Peter und sah ängstlich zur Tür. Doch Justus wanderte durch den Raum und blieb vor einer großen Landkarte an der Wand stehen.

In diesem Moment kam Reynolds mit drei Bechern Kakao und einem Kaffee zurück. »Na, hast du euer Haus schon entdeckt?«, rief er. Justus fuhr mit einem Finger den Plan entlang und zeigte auf eine Stelle am äußeren Rand. »Genau hier wohnen wir. Und ungefähr dort wurde der Wagen von Onkel Titus aufgebrochen.«

Peter und Bob standen mittlerweile neben ihm und reichten Justus auch einen Kakao.

»Genau so ist es«, gab ihm der Kommissar Recht. »Und deshalb wird auch dieser Tatort markiert.« Reynolds steckte eine kleine Nadel mit einem

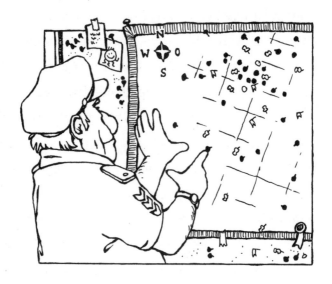

schwarzen Kopf an die besagte Stelle. Die ganze Karte war übersät mit solchen Nadeln.

»Die grünen sind für einfachen Diebstahl, die gelben für Körperverletzungen, die schwarzen für Autoeinbrüche und die roten für Mord.«

»Ich sehe aber keine roten Nadeln«, stellte Bob fest.

»Das liegt daran, dass in dieser Gegend noch keiner ermordet wurde — und das soll am besten auch so bleiben«, klärte ihn Reynolds auf und nahm einen großen Schluck Kaffee.

Justus ließ die Augen nicht von dem Plan. »Dafür sind es aber ganz schön viele schwarze Nadeln!«

Der Kommissar zerknüllte seinen Pappbecher und warf ihn zu den anderen in den Papierkorb. »Es sind mit dem deines Onkels exakt 52 Autoaufbrüche. In Rocky Beach und drum herum. Und das alles in den letzten vier Monaten. Und jetzt kann ich euch auch sagen, warum ich so scharf auf eure Scherbe mit dem Blut bin. Wir gehen davon aus, dass es immer ein und derselbe Täter war. Es ist jedes Mal die gleiche Masche: Er schlägt die Autoscheiben ein, schnappt sich, was er kriegen kann, und weg ist er. Mal bekommt er nur einen Mantel, aber ab und zu angelt er sich ein prall gefülltes Portemonnaie. Bisher gab es keinen Hinweis auf den Täter. Jetzt haben wir zumindest einen Tropfen Blut von ihm.«

»Und damit kann man seine Blutgruppe bestimmen«, ergänzte Justus und knetete mit Daumen und Zeigefinger seine Unterlippe.

»Bingo!«, rief Reynolds fröhlich. »Und nicht nur das. Man kann dadurch herausfinden, wie alt der Täter ist, ob er raucht oder nicht und vieles mehr. Vielleicht ist es sogar eine Frau? Und dafür, dass ihr die Scherbe entdeckt habt, ernenne ich euch zu meinen Spezialermittlern.«

Diese Worte sprach er sehr feierlich aus und Justus bekam seine Dienstmütze auf den Kopf gesetzt. Sie rutschte ihm weit über die Augen und Peter und Bob verschluckten sich vor Lachen an ihrem Kakao.

Der Kommissar musste jetzt auch grinsen und nahm ihm die Mütze wieder ab. »So, ihr Meisterdetektive, leider muss ich mich noch durch einen Haufen Akten fressen. Natürlich würde ich euch

auch wieder zurückfahren … falls es gar nicht anders geht … und wenn es keine andere Möglichkeit gibt …«

Die drei ??? verstanden sofort und boten an zu Fuß nach Hause zu gehen.

»Könnten Sie mir eine Bitte erfüllen?«, fragte Justus höflich. »Ich würde gern noch einmal vorbeikommen, um die Plätze mit den schwarzen Nadeln, also den Autoaufbrüchen, in meinen eigenen Stadtplan zu übertragen.«

Doch Reynolds schüttelte den Kopf. Er holte einen Bogen Papier aus seiner Schreibtischschublade. »Die Mühe kannst du dir sparen. Hier ist eine Kopie der Karte. Es fehlt nur die Markierung von dem gestrigen Einbruch.«

Justus bedankte sich und rollte die Kopie zusammen.

Kurz darauf standen sie wieder draußen vor dem Revier und blinzelten in die Sonne.

»Sag mal, Meisterdetektiv«, begann Bob und sah Justus fragend an. »Was willst du denn mit der Karte?«

Fred Fireman

Justus betrachtete die Karte in seiner Hand und antwortete unsicher: »Ich weiß es auch nicht. Ich hatte plötzlich das Gefühl, dass es uns weiterbringen könnte.«

Rocky Beach war um diese Zeit mit Leben erfüllt. Alle waren unterwegs, um ihre Einkäufe zu erledigen. Dicht gedrängt schoben sich die Autos durch die Straßen und versuchten einen Parkplatz zu finden. Samstags war die Stadt brechend voll und die drei ??? beschlossen sich ins Getümmel zu stürzen.

Bob wollte nach neuen Computerspielen gucken, Peter lieber in einen Plattenladen, um CDs zu hören, und Justus hatte Hunger.

»Gehen wir doch in Burtons Kaufhaus, der hat alles«, schlug Bob vor und die anderen beiden waren einverstanden.

Nach zwei Stunden war die Computerabteilung durchforscht und Peter wusste wieder, welche CDs er noch unbedingt haben musste. Dann fuhren sie auf einer der großen Rolltreppen durch die Etagen.

»Es ist seltsam«, stellte Justus fest. »Unter diesen ganzen Leuten hier befinden sich garantiert auch einige Verbrecher. Vielleicht ist einer von denen sogar unser Autoknacker von gestern. Theoretisch könnte es jeder sein. Der Dicke da vorn mit dem Bart ... oder eine von den beiden Frauen mit der Kinderkarre?«

»Oder vielleicht bist du es ja selbst, Just?«, warf Bob lachend ein.

»Richtig«, fuhr Justus fort. »Nichts kann man ausschließen, bevor nicht das Gegenteil bewiesen ist.«

»Kaufen wir uns lieber ein Eis«, unterbrach Peter das Gespräch und schob die beiden zum Ausgang.

An dem großen Platz vor dem Rathaus gab es das beste und billigste Eiscafé von Rocky Beach. Bob und Peter bestellten sich jeder eine Kugel Meloneneis — Justus nahm fünf Kugeln Vanille. Dann setzten sie sich an den Springbrunnen in der Mitte des Platzes.

Der Brunnen bestand aus einer riesigen Bronze-
figur. Es war ein Denkmal für den Helden der Stadt:
Fred Fireman. Im Jahre 1902 wütete in Rocky Beach

ein verheerender Brand. Fred Fireman gelang es, mit drei Kollegen der freiwilligen Feuerwehr die Kirche vor den Flammen zu retten. Er hatte den Einsatz nicht überlebt und darum stand er jetzt in Bronze gegossen mit seiner Wasserspritze in der Hand mitten in der Stadt.

»Vielleicht hat ja auch unser lieber Fred den Wagen aufgebrochen?«, begann Bob wieder von vorn und zeigte auf den Brunnen. Justus ignorierte es, schleckte an seinem Eis und betrachtete die Karte.

»Oder es waren geheimnisvolle Gullimänner, die nachts aus der Kanalisation herausklettern und armen Tanten die Mäntel klauen.« Justus tat, als hörte er nicht zu, und guckte gelangweilt in den Springbrunnen. Das Wasser schoss gleichmäßig aus Firemans Spritze und tropfte fröhlich nach unten.

Bob fing erneut an: »Aber es können auch Außerirdische mit einer Tarnkappe gewesen sein, die auf der Suche nach Monatskarten waren und ...« Weiter kam er nicht, denn plötzlich sprang Justus auf und Bob ließ vor Schreck sein Eis fallen.

»Fireman!«, rief Justus laut. »Das ist es! Fireman mit seiner Wasserspritze.«

»Hast du einen Knall, Just? Fireman soll Autos aufbrechen?«, rief Peter entgeistert.

»Quatsch, er hat mich nur auf eine Idee gebracht.«

Peter und Bob starrten Justus gebannt an.

Wasserspiele

Justus hob vom Boden ein Stöckchen auf und kratzte damit einen kleinen Kreis in den Sand. Dann begann er zu erklären: »Also, dies ist Fireman von

oben betrachtet. Aus der Mitte spritzt das Wasser hoch und tropft dann überall um ihn herum wieder runter.« Mit dem Stöckchen machte Justus lauter kleine Punkte. »Das hier sind alles Wassertropfen. Und jetzt guckt euch mal die Karte an, die Reynolds uns gegeben hat!«

Er legte die Karte daneben. Peter und Bob betrachteten abwechselnd das Bild und dann Justus' Zeichnung im Sand.

»Na ja, auf der Karte sind lauter schwarze Nadeln. Und hier sind die Wassertropfen«, stellte Peter fest. Bob begann ebenfalls zu grübeln: »Ich glaube, ich weiß, worauf Just hinauswill: Um beide Ansammlungen kann man einen Kreis ziehen.«

Justus war jetzt sehr aufgeregt und erklärte weiter: »Bei den Wassertropfen befindet sich im Zentrum Fireman. Aber wer ist bei den schwarzen Nadeln in der Mitte?«

»Der Autoknacker…«, durchzuckte es Peter und Bob gleichzeitig.

Die drei ??? sahen sich gegenseitig eine Weile an und Justus war selbst ganz erstaunt über seine

Theorie. Doch dann überlegte er weiter: »Es könnte so sein: Der Täter wohnt tatsächlich genau hier in der Mitte. Von da aus zieht er dann los auf Klautour, wie ein Löwe auf Beutejagd. Doch aus irgendeinem Grund bricht er nur Autos auf, die in diesem Kreis stehen.«

»Vielleicht kann er nicht so weit laufen«, warf Peter ein.

Bob war jetzt ebenso aufgeregt: »Oder der Typ hat nicht so viel Zeit. So, als ob Werbung im Fernsehen läuft und du musst zurück sein, bevor der Film weitergeht. Jetzt brauchen wir nur noch zu gucken, wer da in der Mitte wohnt.«

Bob nahm die Karte in die Hand und betrachtete sie angestrengt durch seine Brille. Dann verzog er sein Gesicht. »Ich glaube, ich muss euch enttäuschen. Dort, wo der Unbekannte sein sollte, ist nichts. Da steht nur das ehemalige Gefängnis von Rocky Beach. Mein Vater hat mal eine Reportage über diese Ruine geschrieben und mich dazu mitgenommen.« Bobs Vater war Reporter bei einer großen Zeitung in Los Angeles.

»Na ja«, meinte dann aber Justus. »So ein Ort ist auf der anderen Seite auch ein gutes Versteck. Ich denke, wir sollten uns das mal genauer ansehen.«

Die drei ??? beschlossen zunächst nach Hause zu gehen, um ihre Fahrräder zu holen. Außerdem wartete Tante Mathilda mit dem Essen und Justus hatte Hunger.

Hinter Gittern

Am frühen Nachmittag trafen sich alle wieder in der Kaffeekanne. Peter verstaute noch ihre Taschenlampen in seinem Rucksack und dann machten sie sich auf den Weg zum alten Gefängnis.

Das baufällige Gebäude lag etwas außerhalb von Rocky Beach und die drei hatten eine gute halbe Stunde mit dem Fahrrad vor sich. Schnurgeradeaus verlief die Straße ins Landesinnere.

»Seinen letzten Auftritt hatte der Knast vor etwa acht Jahren«, erzählte Bob. »Ein Filmteam aus Hollywood nutzte das Gelände als Kulisse. Mein Vater wusste sogar, wie der Film hieß. ›Tod hinter Gittern‹ oder so ähnlich.«

»Na super«, stöhnte Peter. »Genau das kann ich heute gebrauchen. Vielleicht versauert noch ein Gefangener im Keller. Der hängt dort in Eisenketten an der Wand und sein Bart reicht ihm bis zu den Füßen. ›Holt mich hier raus ... hört mich denn keiner ... ‹«, machte er den armen Teufel nach.

Von der Hauptstraße bogen sie dann nach rechts ab und fuhren weiter auf brüchigen Betonplatten. Überall wucherte Gestrüpp auf dem Weg und ab und zu mussten sie absteigen.

Justus fuhr vorneweg und grübelte laut vor sich hin: »Ich möchte mal wissen, wie viele Gefangene schon diesen Weg langfuhren. Die sahen sich noch mal um und wussten, dass sie erst nach zehn Jahren oder sogar länger den Weg wieder zurückgehen würden.«

»Selber schuld«, fand Bob und in dem Moment erblickten sie die hohe Mauer des Gefängnisses.

Runde Wachtürme standen an allen vier Ecken und an vielen Stellen bröckelten Steine aus dem Gemäuer. Büsche und kleine Bäumchen wuchsen dort heraus. Der Weg führte direkt durch den riesigen Eingang. Zwei schwere Eisentüren hingen halb geöffnet in der Verankerung und ließen sich seit Jahren schon nicht mehr bewegen.

»Und wenn hier doch noch einer ist?«, murmelte Peter, aber die anderen beiden schienen nicht darauf zu hören.

Hinter der Mauer befand sich das eigentliche

Gefängnis. Bob stieg vom Fahrrad ab und begann zu erklären: »Also, wenn einer es tatsächlich geschafft hatte, aus seiner Zelle zu flüchten, dann musste er noch über diese freie Fläche rennen. Und hier konnte man ihn natürlich leicht vom Wachturm aus entdecken. Dann kam auch noch die hohe Mauer, und soviel ich weiß, hat es damals niemand geschafft, hier auszubrechen.«

In das Gefängnis selbst kam man wieder nur durch einen großen Eingang, aber diesmal waren die Türen verschlossen.

»Das war's dann wohl«, meinte Peter, doch Justus und Bob erkundeten schon die Rückseite des Gebäudes.

»Hier kommen wir rein!«, rief plötzlich Bob und zeigte auf ein Loch im Mauerwerk. Und tatsächlich, an der Außenwand klaffte ein Riss, der an einer Stelle breit genug war, um hindurchzukrabbeln.

Alle drei stellten ihre Räder ab. Vorsichtig steckte Justus seinen Kopf in die Öffnung und rief Peter zu: »Gib mir mal eine Taschenlampe, hier drin ist es stockdunkel!«

Langsam zwängte er sich hindurch und war nicht mehr zu sehen. Doch dann hörte man ihn von innen rufen: »Ihr könnt nachkommen. Ich steh unter der Dusche.«

»Unter der Dusche?«, rief Bob ungläubig zurück und krabbelte hinterher.

Peter stand noch eine Weile nervös vor dem Loch. Er hatte dieses merkwürdige Gefühl, dass er in unheilvolle Dinge hineingezogen wurde. Doch dann kroch auch er in die Dunkelheit. Die Augen gewöhnten sich recht schnell an die Finsternis und Justus stand wirklich unter einer Dusche.

Die drei ??? waren anscheinend direkt in den alten Waschräumen gelandet. An den gekachelten Wänden hingen verrostete Wasserleitungen und auf dem Boden lagen kaputte Waschbecken.

»Ich hab schon heute Morgen geduscht«, meinte Bob und suchte den Ausgang. Mit den Taschenlampen fanden sie den Weg und gelangten in einen Flur.

Bob ging vorweg, Justus hinten und Peter hielt sich lieber zwischen den beiden auf. »Mir gefällt das

nicht«, flüsterte er. »Mir gefällt das ganz und gar nicht.«

Am Ende des Ganges war der Weg durch eine schwere Holztür verschlossen. Bob rüttelte an dem verbogenen Türgriff und stellte enttäuscht fest: »Das können wir vergessen. Die Tür ist verrammelt und verriegelt.«

»Wenn wir uns zu dritt dagegen stemmen? Die Sache sieht ziemlich morsch aus«, schlug Justus vor.

Sie nahmen etwas Anlauf und prallten gleichzeitig gegen die Tür. Mit einem lauten Knall brach sie an beiden Seiten aus der Verankerung und fiel krachend zu Boden. Alle drei lagen zwischen Steinen und Holzteilen nebeneinander im Staub.

»Wo sind wir denn hier gelandet?«, rief Peter als Erster und sah sich ängstlich um.

Sie waren mitten im Zellenblock der Anstalt. Auf vielen Ebenen verliefen zahllose Gänge und Treppen und durch die breite Öffnung im Inneren konnte man bis nach oben blicken. Die Decke war an einer Stelle eingebrochen, so dass sich ein scharfer Lichtstrahl einen Weg durch den Staub bahnen konnte.

Justus klopfte sich den Schmutz von der Hose und zeigte nach oben: »Lasst uns einmal ganz hochgehen, von dort können wir dann alles überblicken.«

Peter und Bob hatten keine bessere Idee und liefen ihm hinterher. Es war totenstill. Die Schritte der drei ??? hallten in dem riesigen Gebäude wider.

»Was suchen wir hier eigentlich?«, fragte Peter plötzlich und blieb stehen.

»Ich weiß es nicht«, gab ihm Justus zur Antwort. »Wenn man weiß, was man findet, braucht man auch nicht zu suchen.« Das klang logisch und Peter setzte sich wieder in Bewegung.

Nach sehr vielen Stufen erreichten sie den obersten Gang. Dicht an dicht reihten sich die Zellen aneinander. Die meisten waren offen oder die Türen fehlten ganz.

Bob beugte sich über das Geländer und sah nach unten durch die Etagen. »Mein Vater hat erzählt, dass hier viele runtergesprungen sind und sich das Leben nahmen«, berichtete er. »Also, wenn ich hier zwanzig Jahre sitzen müsste, ich weiß nicht, ob ich nicht auch...«

Weiter kam er nicht, denn plötzlich brach ein Teil des Geländers aus dem Beton. Krachend schlug das Metall zu Boden und Bob stand frei vor dem Abgrund.

»Nimm meine Hand!«, schrie Peter panisch, doch Bob stand starr vor Schreck an derselben Stelle und zitterte am ganzen Körper.

»Streck einfach den Arm aus und greif meine Hand!«, wiederholte Peter diesmal mit erstaunlich ruhiger Stimme. Auch Justus wagte kaum zu atmen und streckte Bob seine Hand entgegen.

In Zeitlupe hob Bob den rechten Arm und drehte sich zu seinen beiden Freunden.

»Ganz langsam«, beruhigte ihn Peter. »Ich werde dich jetzt rüberziehen.« Dann packte er fest zu und Bob war wieder in Sicherheit.

Lange Zeit sprach keiner ein Wort. Ab und zu bröckelten noch kleine Steinteile nach unten und zersprangen auf dem Boden. Dann holte Bob tief Luft. »Danke, Peter.«

Sie beschlossen das alte Gefängnis so schnell wie möglich wieder zu verlassen.

Vorsichtig betraten sie die Stufen und hielten sich vom Geländer fern. In einer der mittleren Etagen entdeckte Justus ein schmales Treppenhaus. »Vielleicht kommen wir hier schneller zurück und müssen nicht noch mal durch das Loch kriechen?«, schlug er vor.

Peter und Bob waren einverstanden. Das Treppenhaus war damals anscheinend nur von den Gefängnisaufsehern benutzt worden. An einer Wand zeigte ein gemalter Pfeil nach oben. Darunter stand: Zum Wachturm.

Diesmal befand sich auf jeder Etage ein Fenster und erhellte die Räume. Alle drei waren froh, endlich wieder die Sonne zu sehen, atmeten die frische Luft ein und sahen in den Himmel.

Plötzlich zeigte Bob nach unten: »Da, guckt mal runter! Was ist das?«

Justus und Peter blickten neugierig in die Richtung und sahen in den Innenhof des Gefängnisses.

Ein quadratischer Platz, umrandet von hohen Mauern, und mittendrin stand ein schwarzer, riesiger Lastwagen — ein amerikanischer Truck.

Der schwarze Truck

»Wie kommt denn der hierher?«, fragte Peter verwundert.

Justus sah auf die beiden großen Türen im Gefängnishof. »Ich denke, er kam da durch«, vermutete er. »Das muss das verschlossene Tor sein, das wir von außen gesehen haben.«

Der Truck war so lang, dass er gerade in den Innenhof passte. Die Zugmaschine hatte zwei hohe verchromte Auspuffrohre und vorn eine mächtige Stoßstange.

»Der sieht nicht so aus, als ob den damals einer vergessen hätte«, bemerkte Peter.

Justus glaubte das auch und ging neugierig das Treppenhaus runter. »Ich bin mir sicher, dass es da unten in den Innenhof geht. Ich glaube, wir kommen der Sache langsam näher.«

»Hoffentlich kommen wir der Sache nicht zu nah«, murmelte Peter und trottete hinterher.

Justus sollte Recht behalten, denn kurz darauf

standen alle drei im Gefängnishof. Der schwarze Truck trug weder eine Aufschrift noch irgendwelche Firmenzeichen. Langsam gingen sie um ihn herum.

Am hinteren Ende entdeckte Peter Reifenspuren. »Der ist auf jeden Fall vor kurzer Zeit bewegt worden, denn sonst wären die Spuren vom letzten Regen weggespült worden.«

»Vielleicht können wir in die Fahrerkabine sehen?«, schlug Justus vor. Kurze Zeit später standen sie nebeneinander auf dem Trittbrett an der Fahrertür.

»Da kann man nicht reingucken«, stellte Bob fest. »Die Scheiben sind alle verspiegelt.«

»Da gibt es auch nichts zu gucken!«, hörten sie plötzlich eine Männerstimme hinter sich. Vor Schreck verloren alle drei den Halt und landeten auf dem staubigen Boden. Sie blickten hoch und sahen einen großen Mann mit kantigem Gesicht und einer Baseballkappe auf dem Kopf.

»Was habt ihr hier zu suchen?«, herrschte der Mann sie an.

Justus war der Erste, der sich wieder fing, und fragte etwas stockend: »Ist das Ihr Truck?«

Der Mann beugte sich zu Justus hinunter und sah ihm direkt in die Augen. »Bürschchen, soweit ich mich erinnern kann, hab ich eben eine Frage gestellt.«

Justus bekam rote Ohren.

»Was ist?«, wiederholte der Mann in einem scharfen Ton. »Was habt ihr, verdammt noch mal, hier zu suchen?«

Die drei ??? wagten kaum zu atmen. Plötzlich holte Justus tief Luft und platzte heraus: »Sie sind Wolfman.«

Keiner sagte etwas. Peter und Bob starrten Justus verwirrt an. Sekunden verstrichen.

»Wie kommst du denn darauf«, entgegnete der Mann etwas irritiert. Justus stand langsam auf und zeigte auf die große Antenne auf dem Dach des Trucks.

»Eine solche Antenne hat man nicht, um Radio zu hören. Das sieht mir eher wie ein Funkmast aus. Und auf Ihrer Baseballkappe stehen die Buchstaben: RRB. Ich denke, das heißt ›Radio Rocky Beach‹. Und ganz sicher war ich mir, als ich Ihre Stimme hörte. Sie sind Wolfman.«

Der Mann kratzte sich am Kinn und dachte

nach. Peter und Bob rührten sich nicht von der Stelle. Dann gab der Mann kleinlaut zu: »Na, wenn du dir so sicher bist, hat es wohl keinen Sinn, weiter zu leugnen. Ich schätze, Wolfman ist enttarnt worden.« Jetzt sprangen auch die anderen beiden auf.

»Sie sind wirklich Wolfman?«, riefen Peter und Bob gleichzeitig und sahen ihn mit großen Augen an.

»Ich muss es wohl leider zugeben. Bisher war mein Versteck hier absolut sicher. Aber jetzt erzählt mir endlich, was ihr hier zu suchen habt!«

Peter wollte gerade antworten, als Justus ihm dazwischenfiel: »Wir haben hier lediglich Verstecken gespielt.«

»Verstecken spielen. Guter Witz! Ich mach das seit Monaten. Und versucht mal so einen Truck zu verbergen«, gab Wolfman zurück. »Wisst ihr eigentlich, was alles hier drin ist? Nicht nur, dass ich in dem Ding schlafe, esse und koche . . . Nein, hier drin ist eine komplette Radiostation.« Er klopfte stolz auf die Seitenwand.

Die drei waren sichtlich beeindruckt und hatten fast schon vergessen, wonach sie suchten.

»Ich hätte eine Bitte an euch«, fuhr Wolfman fort. »Radio Rocky Beach ist mein Leben. Und wahrscheinlich wisst ihr, dass ich offiziell gar nicht senden darf. Im Prinzip ist das hier ein Piratensender. Darum steht das Ding auch auf Rädern, damit ich schnell wegkann, wenn man mich einmal finden sollte. Also, ich wäre euch sehr dankbar, wenn ihr keinem was von der Sache hier erzählen würdet.«

Die drei ??? nickten sofort.

»Ich kann euch auch was dafür anbieten. Was haltet ihr davon, wenn ich euch im Gegenzug meinen Laden hier einmal von innen zeige?«

Justus, Peter und Bob waren begeistert.

Radio Rocky Beach

Wolfman sah jetzt gar nicht mehr so grimmig aus und ging mit den dreien ans Ende des Trucks. Dort öffnete er zwei große Stahltüren und klappte einen Tritt herunter. »Hereinspaziert in die heiligen Hallen von Radio Rocky Beach!«, rief er fröhlich.

Für einen Moment sahen sich Justus, Peter und Bob unsicher an.

»Was ist? Habt ihr plötzlich keine Lust mehr?«

»Doch, doch«, antwortete Justus.

Langsam stiegen sie die Stufen hoch und gelangten in einen kleinen Vorraum. Überall lagen Kartons herum und Wolfman begann die Führung: »Also, das hier ist nur zur Tarnung. Von dem Gerümpel müsst ihr euch nicht stören lassen.«

Dann öffnete er eine weitere Tür und dahinter sah es schon mehr nach Radio aus. An den Wänden hingen Lautsprecher, Kabel und blinkende Geräte. Davor war eine Art Pult angebracht, auf dem mehrere Telefone standen.

»Hier sitzt Lara. Meine Telefontante. Sie ist passenderweise auch meine Freundin. Ich weiß gar nicht, wo sie momentan steckt. Sie macht nicht nur diesen Telefonjob. Lara managt den Laden auch und kümmert sich um alles, was nichts mit meinem Mikrofon zu tun hat. Zum Beispiel muss sie darauf achten, dass uns die Kohle nicht ausgeht. Mit Werbung kann ein Piratensender schlecht was verdienen.«

Wolfman lachte, wie er es im Radio tat, und öffnete eine weitere Tür. Das Licht ging an und sie betraten einen großen Raum. Ringsum hingen Regale an den Wänden, prall gefüllt mit CDs, alten Schallplatten und Tonbändern. Rund um einen dicken Sessel standen Türme von blinkenden Geräten. Überall liefen kreuz und quer Kabel hindurch und mittendrin ragte ein Mikrofon aus einem Mischpult.

»Nicht schlecht«, meinte Peter und pfiff anerkennend.

Wolfman nahm in seinem Sessel Platz und drehte an einem Regler. »Tja, und so sitze ich hier und draußen hören mich tausend Leute.«

Aus Spaß nahm er das Mikrofon und sprach hinein: »Hi, hier ist euer Wolfman und ich muss euch leider sagen, Leute: Mich haben gerade drei Rotzlöffel aufgespürt und bringen mich jetzt zur Polizei. Macht es gut, das war meine letzte Sendung.«

Alle fingen an zu lachen, als plötzlich eine Frau hereinplatzte.

»Was ist denn hier los?«, zischte sie in einem unangenehmen Ton. »Wer hat euch hier reingelassen?«

Sie hatte Wolfman hinter seinen Geräten nicht gesehen. Der stand jetzt auf und beruhigte sie: »Lass mal gut sein, Lara. Die Rotzlöffel sind in Ordnung.«

»Du weißt, wir hatten eine Abmachung«, wandte sie sich jetzt an ihn. »Die kannst du nicht einfach so brechen! Hier drin hat keiner was zu suchen.«

Wolfman ging auf sie zu und wollte ihre Hand nehmen. »Ich hab das mit den Jungs geklärt. Die standen plötzlich vor der Tür und was sollte ich da anderes machen?«

Justus mischte sich in das Gespräch ein: »Sie können sich auf uns verlassen. Von uns erfährt keiner ein Sterbenswörtchen.«

Lara blickte Justus tief in die Augen und fuhr ihn an: »Das will ich auch hoffen. Denn sonst … na ja … sonst wäre das für keinen Beteiligten sehr gut. So, und jetzt darf ich euch bitten das Studio frei zu machen. In ein paar Stunden gehen wir auf Sendung und da ist noch einiges vorzubereiten.«

Mit diesen Worten ging sie nach vorn, öffnete eine weitere Tür und verschwand.

»Tut mir Leid«, entschuldigte sich Wolfman. »Sie

ist manchmal sehr dynamisch. Ansonsten aber ein netter Kerl. Sie hat allerdings Recht, ich muss noch ein paar Scheiben sortieren. Ich bringe euch jetzt zur Tür, und wenn ihr mir versprecht dichtzuhalten, dann könnt ihr jederzeit mal wieder vorbeischauen.«

Er begleitete die drei ??? noch aus dem Truck. »Dann bis zum nächsten Mal, ihr Rotzlöffel. Ach ja, wie heißt ihr eigentlich?«, wollte Wolfman noch wissen.

Gerade versuchte Peter zu antworten, als Justus ihm dazwischenfiel: »Sagen Sie einfach ›Die drei ???‹ zu uns.«

Wolfman lachte. »Warum nennt ihr euch so?«

»Weil jeder, der den Namen hört, nachfragt«, erwiderte Justus.

Wolfman kratzte sich nachdenklich am Kinn und gab jedem einzeln die Hand.

»Netter Typ«, meinte Bob, als sie wieder draußen standen.

»Ja, ja ... netter Typ«, murmelte Justus und knetete seine Unterlippe.

Verdacht

»Eigentlich hätte uns Wolfman auch durchs große Tor rauslassen können. Er scheint ja einen Schlüssel dafür zu haben«, stellte Peter fest.

»Stimmt«, sagte Bob. »Aber ich glaub, wenn wir jetzt noch mal reingehen, dreht Lara durch.«

Sie nahmen wieder den Weg durch das alte Treppenhaus. Justus sah immer noch sehr nachdenklich aus und Bob sprach ihn darauf an: »Sag mal, Just, irgendwie hast du was gegen Wolfman, oder?«

»Ich muss euch was sagen«, antwortete er. »Lasst uns dafür ganz nach oben gehen. Auf einem Pfeil stand vorhin, dass dort noch ein Wachturm ist.«

Peter und Bob waren einverstanden und ein paar Stufen später standen sie alle drei hoch über dem Gefängnis in dem Wachturm. Es war ein kleiner quadratischer Raum mit großen Scheiben, von denen die meisten aber kaputt waren. Von hier aus konnte man direkt in den Innenhof sehen und am Horizont schimmerte kaum zu erkennen der Pazifik.

»Also«, begann Justus. »Ich finde Wolfman natürlich auch o.k., aber er ist unser Hauptverdächti-
ger.« Peter und Bob sahen ihn entgeistert an.

»Bist du bescheuert? Wolfman klaut doch keine
Mäntel!«, schimpfte Bob.

Justus beruhigte ihn: »Ich sage ja auch gar nicht,
dass er der Autoknacker ist. Er ist erst mal nur verdächtig.«

»Genauso gut könnte es auch diese komische
Lara gewesen sein«, warf Peter ein.

»Die ist genauso verdächtig«, stimmte ihm Justus zu. »Ich will das ja auch nicht glauben, aber man muss sich an den Gedanken gewöhnen. Wir hatten heute am Brunnen eine Theorie. Keiner hat so recht geglaubt, dass wir hier was finden würden. Jetzt haben wir gleich zwei Leute entdeckt.«

In diesem Moment hörte man aus dem Innenhof laute Stimmen. Alle drei blickten nach unten und sahen Lara und Wolfman vor dem Truck.

»Wie konntest du diese Kiddies nur in den Wagen lassen?«, schrie Lara aufgebracht. »Was meinst du wohl, was die zu Hause erzählen werden? ›Mami, Mami, wir haben heute beim Spielen was Tolles entdeckt!‹ Und dann dauert das keine halbe Stunde und wir haben die Polizei am Hals.«

Aufgeregt lief sie mit ihren hochhackigen Schuhen in dem Gefängnishof auf und ab.

»Lara, die Jungs haben mir ihr Wort gegeben. Das sind meine Fans. Warum sollten die uns verpfeifen?«, beschwichtigte sie Wolfman. Lara trat wütend gegen einen der großen LKW-Reifen.

»Weil Kinder ihre große Klappe nicht halten können. Und deshalb werden wir ganz schnell von hier verschwinden.«

Wolfman schien sich geschlagen zu geben: »Na schön, hauen wir ab und suchen uns eine andere Stadt. Vielleicht hast du Recht. Aber dieses Wochenende will ich noch von hier aus senden.«

Es sah so aus, als wäre Lara damit einverstanden, und beide verschwanden wieder im schwarzen Truck.

Oben im Wachturm war jedes ihrer Worte mit Spannung belauscht worden. Bob setzte sich auf den Boden. »Da hat Wolfman sich ja eine tolle Freundin angelacht«, seufzte er. »Dieser Lara würde ich alles zutrauen. Doch die Einbrüche am Wochenende gehen unmöglich auf ihre Kappe. Ich hab das eben ausgerechnet. Nehmen wir mal an, Wolfman hat tatsächlich gestern Abend den Wagen von Justs Onkel aufgebrochen. Dann hätte er direkt, nachdem er was im Radio gesagt hat, losfahren müssen. Selbst mit einem schnellen Auto braucht man mindestens zehn Minuten. Den Blitzeinbruch rechne ich gar nicht mit, aber zurück braucht er noch mal zehn. Das heißt, er wäre erst nach frühestens zwanzig Minuten wieder im Radio zu hören gewesen. Und wie wir wissen, spricht Wolfman nach jedem Titel was ins Mikro.« Bob rückte seine Brille zurecht und sah die anderen an.

»Stimmt«, pflichtete ihm Peter bei. »Das nennt man ein klassisches Alibi. Und Lara kommt auch nicht infrage, denn die ist die ganze Zeit am Telefon zu erreichen.«

Justus blickte nachdenklich zum Pazifik. »Ich weiß«, sagte er kleinlaut. »Ich habe mir das auch schon durchgerechnet. Dennoch würde alles zusammenpassen. Das Alibi ist mir einfach zu perfekt.«

Bob klopfte ihm auf die Schulter: »Hör schon auf, Just! Du kannst es nicht verdauen, dass deine Theorie nicht aufgeht. Wolfman hat mit der Sache nichts zu tun.«

»Wäre schön, wenn du Recht hättest«, murmelte Justus.

Wunschhits

Mittlerweile war es schon nach sieben und die drei ??? beschlossen erst einmal wieder nach Hause zu fahren. Sie tasteten sich zurück durch die dunklen Gänge und krabbelten durch das kleine Loch in der Mauer.

»Wir sind frei, wir sind die Profiausbrecher...«, lachte Bob und schwang sich auf sein Fahrrad. »Los, hauen wir ab, in knapp einer Stunde fängt Wolfman an.«

Auf dem Betonplattenweg sah sich Justus noch einmal um und betrachtete das geheimnisvolle Gefängnis. Dann bogen sie ab auf die Hauptstraße, die zurück nach Rocky Beach führte.

Nach einer Weile trennten sich ihre Wege.

»Wir sehen uns morgen früh in der Kaffeekanne«, verabschiedete sich Justus von seinen beiden Freunden.

Tante Mathilda wartete schon mit dem Abendbrot auf ihn. Während er aß, blickte seine Tante auf den Hof. Onkel Titus kramte noch auf seinem Schrottplatz herum.

»Was der da immer rumwühlt?«, fragte sich Tante Mathilda und beobachtete ihn aus dem Fenster.

»Ich geh nach oben«, rief Justus mit vollen Backen und verschwand in seinem Zimmer. Schnell lief er zu dem alten Radio und schaltete ein. Wolfman war schon einige Minuten auf Sendung.

»Allen, die mich jetzt da draußen hören, möchte ich was sagen. Für euch am Mikrofon zu stehen, ist immer das Größte für mich gewesen. Auch wenn ich noch nie einen von euch gesehen habe, danke ich dafür, dass ich bei euch Gast sein durfte. Im Wohnzimmer, im Auto, in der Badewanne oder wo auch immer ihr mir zugehört habt. Egal was passiert . . . Rocky Beach werde ich niemals vergessen. So, genug geschwafelt, denn hier kommt ein Wunsch von Sally aus der George Major School und sie grüßt damit ihren lieben kleinen Mausepaul. Ab geht's!«

Justus ließ sich in seinem Sessel nieder und wusste, wie er Wolfmans Worte zu deuten hatte. ›Radio

Rocky Beach‹ ging dieses Wochenende zum letzten Mal auf Sendung und im Grunde genommen hatte er Schuld daran. Hätte Justus nicht die Theorie mit den Wassertropfen gehabt, wäre Wolfmans Versteck niemals von ihnen entdeckt worden.

Nach dem Titel meldete sich Wolfman zurück: »Tja, Mausepaul, ich hoffe, du hast den Gruß von deiner Sally gehört und hast Schmetterlinge im Bauch. Und da wir gerade am Grüßen sind, heute will ich selbst mal einen Gruß loslassen. Er geht an drei neugierige Fragezeichen, die hoffentlich ihr Wort halten.«

Als Justus das hörte, schämte er sich fast. Rocky Beach hatte ein paar Tausend Einwohner und jeder von denen wäre in der Lage gewesen, ein Auto aufzubrechen. Warum musste er seine Nase da auch reinstecken, ärgerte sich Justus. Schließlich gab es die Polizei und Kommissar Reynolds machte seinen Job nicht zum ersten Mal.

Auf der anderen Seite waren immer noch nicht alle Zweifel bei Justus ausgeräumt. Vielleicht gab es noch einen Komplizen. Wolfman, Lara und ein unbekannter Dritter machten gemeinsame Sache? Vielleicht versteckte er sich im alten Gefängnis und hatte sie die ganze Zeit beobachtet?

Alles war möglich und Justus schwirrte der Kopf. Es gab viel zu viele Fragen und keine Antwort.

Im Radio meldete sich gerade ein schüchterner Junge und wünschte sich einen alten Schlager für seine Oma. »Tja, auch wenn mir bei dem Song der Ohrschmalz rausläuft, ich hab versprochen, dass ich jeden Titel auftreiben kann. Und was Wolfman verspricht, das hält er. Oma, aufgepasst, hier ist dein Schlager.«

Es war schon merkwürdig: Man konnte sich wünschen, was man wollte, Wolfman stöberte kurz herum und spielte dann den Titel. So war es auch diesmal und Justus war beeindruckt.

Plötzlich durchzuckte ihn ein Gedanke. Wolfman hatte jeden Musiktitel in seinem Truck. Wirklich jeden? Vielleicht hatte er sogar Aufnahmen, die es nur einmal auf der ganzen Welt gab. Zum Beispiel eine der Beatles, aufgenommen in der Nähe von Rocky Beach in einem kleinen Club am Hafen?

Justus war ganz aufgeregt. Das war die einmalige Chance, sich Klarheit über Wolfman zu verschaffen. Er beschloss bei ›Radio Rocky Beach‹ anzurufen und sich diese Aufnahme zu wünschen.

Leise schlich er in die Diele und holte sich das Telefon in sein Zimmer. Entschlossen wählte er die Nummer der Radiostation, Wolfman hatte sie ja oft genug vorgebetet. Dann meldete sich eine Frauenstimme — es war Lara.

»Hallo, hier ist ›Radio Rocky Beach‹. Was können wir für dich tun?« Justus wurde jetzt doch etwas nervös und räusperte sich. »Ja, hallo, hier ist ... äh ... hier ist der Mausepaul.«

»Mausepaul?«, fragte sie verwundert. »Der vorhin von Sally gegrüßt wurde?«

»Genau der bin ich. Ich möchte Sally auch was sagen und mir einen Song wünschen«, log Justus und war froh, dass sie nicht sein rotes Gesicht sehen konnte.

»Na, da wird sich deine Sally aber freuen. Ich stell dich ins Studio durch zu Wolfman. Aber sag mal, irgendwie kommt mir deine Stimme bekannt vor?«

»Kann nicht sein. Wir sind gerade erst mit meinen Eltern nach Rocky Beach gezogen«, reagierte Justus blitzschnell. Lara schien damit zufrieden zu sein und wenig später war Justus mit Wolfman verbunden. Er war jetzt live ON AIR und jeder in der Stadt konnte ihn hören.

»Muss Liebe schön sein«, begann Wolfman. »Eben noch grüßte die bezaubernde Sally ihren Mausepaul und schon hab ich ihn in der Leitung. Hallo, Mausepaul, die ganze Welt hört dir jetzt zu. Darum sag, was du deiner Liebsten schon immer sagen wolltest!«

Justus platzte fast der Kopf. »Äh ... ich wollte Sally sagen, dass ... dass ich sie auch sehr lieb habe und an ihre ... blauen Augen denke ... und so weiter. Ja, das war das eine … und jetzt würde ich mir gern für sie etwas wünschen.«

»Nur zu, Mausepaul. Wolfman hat alles.«

Justus holte tief Luft. »O.k., es gibt eine alte Aufnahme der Beatles. Damals kannte sie noch keiner. Sie spielten hier in der Nähe von Rocky Beach. Davon würde ich mir gern etwas für Sally wünschen.« Er wagte kaum zu atmen und sekundenlang war es totenstill.

Doch dann hörte man Wolfmans Stimme: »Tja, das ist ja mal was ganz Außergewöhnliches. Aber was soll ich sagen … ich will eurer Liebe nicht im Wege stehen. Durch Zufall entdeckte ich vor ein paar Tagen bei einem Trödler genau diese Aufnahme. Ich bin absoluter Beatles-Fan und musste das Ding natürlich sofort haben. Mausepaul, du hast Glück. Hier ist dein Song.«

Es knackte und rauschte, doch dann hörte man die leicht angestaubte Beatles-Aufnahme.

Wolfman war enttarnt und irgendwo in Rocky Beach hockte eine Sally völlig verwirrt vor ihrem Radiogerät.

Auf der Lauer

Am nächsten Morgen trafen sich Justus, Peter und Bob wieder in der Kaffeekanne. Alle drei waren aufgeregt und fielen sich ständig ins Wort.

»Ich konnte es nicht glauben!«, rief Bob. »Als ich plötzlich Justs Stimme hörte, bin ich fast vom Hocker gefallen. Und Wolfman hat tatsächlich die Kassette gespielt ... ich fasse es nicht.«

Peter schlug sich an die Stirn und meinte: »Wie kann Wolfman nur so blöd sein, die Kassette abzuspielen?«

»Na ja, woher sollte er wissen, dass es nur eine einzige Aufnahme gibt. Und außerdem war er so stolz, sie zu besitzen, dass er gar nicht mehr viel nachgedacht hat«, entgegnete Justus.

Peter setzte sich enttäuscht auf den Boden. »Und Wolfman sabbelte noch was von Ehrenwort und so und dann bricht er in Autos ein. Wir müssen sofort zu Reynolds und ihm die Geschichte erzählen.«

Doch Bob nahm seine Brille ab und überlegte laut: »Ich schätze, dass Reynolds uns auslachen wird. Wir haben überhaupt keine Beweise gegen Wolfman und eins haben wir fast vergessen. Er hat ein wasserdichtes Alibi — wir selbst sind die besten Zeugen. Lara kommt auch nicht infrage, also wissen wir bisher nur die halbe Wahrheit.«

Justus gab ihm Recht. »So ist es. Wolfman könnte rein theoretisch die Kassette tatsächlich bei einem Trödler gekauft haben. Oder es gibt eine dritte Person? Es sind immer noch Fragen offen.«

»Und was heißt das nun?«, fragte Peter.

»Das heißt, wir müssen noch einmal in die Höhle des Löwen. Ich bin mir sicher, dass wir nur dort das Rätsel lösen können.«

Justus sagte diese Worte sehr entschlossen, so dass keiner seiner beiden Freunde daran zweifeln wollte. »Ich habe einen Plan«, fuhr er fort. »So ganz sicher bin ich noch nicht, aber bis zum Abend ist noch etwas Zeit. Heute macht Wolfman seine letzte Sendung und auch für uns ist es die letzte Chance, die Sache aufzuklären. Wir treffen uns um sieben wieder hier. Peter, du hast doch so ein kleines Transistorradio? Das musst du unbedingt mitbringen! Ich muss jetzt wieder zurück, denn ich habe Onkel Titus versprochen den Schrottplatz mit aufzuräumen.«

Dann verabschiedeten sich die drei Freunde und jeder fuhr mit dem Rad nach Hause.

»Ich hab dir extra Handschuhe rausgesucht«, wurde Justus von seinem Onkel begrüßt. »Morgen bekomme ich eine ganze Ladung alter Computer und ich weiß gar nicht, wo ich die alle hinstellen soll. Tante Mathilda macht mir die Hölle heiß, wenn die vor der Haustür landen«, lachte Titus Jonas. Dann schleppten sie zusammen den ganzen Tag kaputte Kühlschränke, verrostete Nähmaschinen und anderes Gerümpel hin und her.

Justus half gern auf dem Schrottplatz. Ab und zu fand er geheimnisvolle Dinge in dem ganzen Zeug und außerdem steckte ihm Onkel Titus danach regelmäßig Geld in die Tasche. Zwischendurch brachte Tante Mathilda selbst gebackenen Kirschkuchen mit Apfelsaft.

Dann saßen sie gemeinsam auf einer abgeschraubten Motorhaube in der Sonne und manchmal vergaß Justus kurz, dass die beiden nicht seine richtigen Eltern waren. Pünktlich um sieben trafen sich die drei ??? wieder an der Kaffeekanne.

»Hast du das Transistorradio mit, Peter?«, fragte Justus.

»Na klar«, meinte dieser und kurz darauf fuhren sie in Richtung des alten Gefängnisses.

Diesmal versteckten sie ihre Fahrräder vor den großen Außenmauern und rannten geduckt zu dem Loch in der Wand.

»Wir müssen unbemerkt auf den Wachturm«, erklärte Justus und zwängte sich in den alten Waschraum. Zu dritt schlichen sie durch den dunklen Flur. Draußen kam ein leichter Wind auf und begann leise durch die langen Gänge zu pfeifen. In dem großen Zellenblock entdeckten sie auf dem Boden das herabgestürzte Geländer.

»Vielleicht hätten wir doch lieber Kommissar Reynolds anrufen sollen?«, flüsterte Peter, doch insgeheim wusste er, dass es dafür zu spät war. Wenig später erreichten sie den Wachturm und konnten unbemerkt in den Innenhof blicken.

»Da unten steht noch der Truck«, keuchte Bob nach den vielen Stufen. »Und am Ende sehe ich auch Wolfman zusammen mit Lara rumstehen. Aber, Moment … jetzt gehen sie beide rein und schließen die Tür. Just, wie geht es nun weiter?«

»Erst mal muss Peter sein Transistorradio aus dem Rucksack holen, denn gleich ist es acht Uhr«, antwortete dieser hektisch.

Peter zog die Antennen aus und schaltete das Gerät ein. Noch war außer einem Rauschen nichts

zu vernehmen. Doch dann hörten sie Wolfmans Stimme: »Hi, hier ist ›Radio Rocky Beach‹ und jetzt gibt es für euch da draußen alles, was ihr wollt. Ruft mich an und ich spiele eure Lieblingshits!«

»Und nun?«, fragte Bob. Justus schien nicht sofort eine Antwort auf die Frage zu haben und knetete nervös seine Unterlippe. »Abwarten. Wir müssen einfach abwarten.«

Das brauchten sie nicht lange, denn plötzlich öffnete sich die Tür und ein Mann mit einem Lederanzug und Motorradhelm sprang aus dem Truck.

»Und schlepp nicht wieder alte Mäntel mit Busfahrkarten an!«, rief Lara ihm hinterher. Sie sahen, wie sie die Tür wieder von innen zuzog, während der Mann das große Tor des Gefängnishofes öffnete. Dann rannte er zu einem Gebüsch in einer Ecke des Hofes und verschwand dahinter.

»Ich seh ihn nicht mehr«, flüsterte Bob aufgeregt, doch dann hörten sie, wie ein Motor gestartet wurde. Die Äste wurden beiseite gedrückt und plötzlich schoss ein Motorrad aus dem Gebüsch. Dröhnend donnerte es durch den Torbogen.

»Das ist ja irre«, stieß Peter hervor. »Wolfman haut mit einem Motorrad ab.«

Justus blickte ihm lange hinterher. Dann drehte er sich um und sagte nachdenklich: »Ob es wirklich Wolfman war, werden wir gleich wissen.«

In Ketten

»Wieso sollte er es nicht sein?«, fragte Peter verwundert.

Doch Justus brauchte nicht mehr zu antworten, denn in dem Moment hörte man Wolfmans Stimme aus dem Radio: »Das eben war ein Wunschhit von Richard aus der Palm Street. Und was jetzt kommt, ist ein spezieller Gruß von Simon an Mary Clarke zu ihrem heutigen Geburtstag. Herzlichen Glückwunsch auch von mir, Mary.« Die drei ??? sahen sich ratlos an.

»Wer zum Teufel war denn eben der Mann mit dem Motorrad?«, fragte Bob und sah in den Innenhof.

»Ich weiß es auch nicht. Die Sache wird immer merkwürdiger. Vielleicht war es der dritte Mann?«, rätselte Justus. »Aber egal wer da unten noch alles ist, nun wissen wir, dass es die Autoknacker sind.« Darüber waren sie sich inzwischen einig.

»Und was ist, wenn die nach der Sendung wie angekündigt abhauen?«, befürchtete Bob.

Fieberhaft dachten die drei ??? nach. Reynolds

musste verständigt werden, um Wolfman und Lara einzusperren. Doch die Zeit drängte.

Plötzlich hatte Justus eine geniale Idee: »Wisst ihr was? Eigentlich sind Wolfman und Lara schon im Gefängnis. Damit sie nicht wieder weglaufen, brauchen wir nur das zu machen, was in einem ordentlichen Gefängnis auch gemacht wird.« Peter und Bob sahen ihn mit großen Augen an.

»Wir müssen den Laden einfach abschließen.«

»Stimmt!«, rief Bob dazwischen. »Wir nehmen eins von unseren Fahrradschlössern und ketten damit die beiden Türen vom Truck zu.« Für diese Aufgabe wurde Peter ausgewählt.

»Du kannst einfach am schnellsten laufen«, entschied Bob und Peter lief widerwillig los. Blitzschnell rannte er die Treppe hinunter und kam nach einer Weile im Innenhof wieder zum Vorschein. Er blickte nach oben und winkte mit dem Fahrradschloss. Dann schlich er zum Truck, stieg die Stufen empor und legte das lange Kettenschloss um die beiden Türgriffe. Im Radio machte Wolfman gerade wieder einen seiner Witze.

»Er hat es geschafft«, sagte Bob und ballte die Faust. »Die sitzen in der Falle.«

Gerade wollte Peter zurücklaufen, als er das Dröhnen eines Motorrades vernahm. Ratlos blickte er hinauf zu seinen beiden Freunden, die verzweifelt mit den Händen fuchtelten. Dann sprang Peter die Stufen hinunter und versteckte sich gerade noch rechtzeitig im Gebüsch.

»O nein, nicht in das Gebüsch!«, jammerte Bob oben im Wachturm.

Aber es war zu spät. Der Mann kam auf seinem Motorrad angeschossen und fuhr direkt auf Peter zu. Im letzten Moment bremste er mit quietschenden Reifen und sah auf den Truck.

»Er hat das Schloss entdeckt«, flüsterte Justus.

Der Mann lenkte in die Richtung und lehnte das laufende Motorrad an den Truck.

»Verdammt!«, schrie er aufgebracht und rüttelte an der Tür. Den Rest konnte man wegen des lauten Motorengeräuschs nicht mehr verstehen. Der Mann war außer sich vor Wut und bekam die Tür einen Spalt auf. Dahinter sah man plötzlich Lara, wie sie versuchte von innen am Schloss zu reißen. Dann löste der Mann den Riemen an seinem Kinn und nahm den Helm ab.

»Wolfman . . .«, flüsterte Bob erstaunt.

Er war es tatsächlich. Ihm glänzte der Schweiß auf der Stirn und immer wieder stemmte er sich verzweifelt gegen die Tür. Lara und Wolfman brüllten sich noch irgendetwas zu, dann setzte er sich wieder auf sein Motorrad und raste aus dem Gefängnis.

»Ich wette, der holt Werkzeug«, vermutete Bob.

Peter kroch vorsichtig aus seinem Versteck. Langsam schlich er über den Innenhof und wollte zurück zum Wachturm. Als er neben dem Truck stand, hörte er ein ohrenbetäubendes Scheppern aus dem Inneren. Mit einem Satz sprang er unter den Wagen und rollte sich zwischen die mächtigen Reifen. Ein zweites Mal knallte etwas Schweres gegen die Tür. Beim dritten Mal zersprang das Kettenschloss in tausend Teile, die Türen krachten zu beiden Seiten auf und Lara stolperte mitsamt einem schweren Wagenheber die Stufen hinunter. Dann rannte sie über den Hof und verschwand durch das Tor.

Aus dem Truck hörten sie das Radio. Es spielte gerade einen Titel zu Ende und Wolfman plauderte munter durch den Lautsprecher: »Was für ein schöner Tag heute in Rocky Beach. Und darum erfülle ich mir einmal selbst einen Musikwunsch.«

Auf Sendung

Es war still in dem Gefängnis. Nur durch die weit geöffneten Türen des Trucks hörte man leise die Musik. Justus und Bob liefen die Treppen hinunter und versteckten sich hinter verrosteten Ölfässern.

»Peter...«, flüsterte Bob, so laut er es wagte. »Peter, wir sind hier unten.«

Peter rannte auf sie zu. »Da seid ihr ja! Was ist hier eigentlich los?«, stieß er hervor.

»Das wüsste ich auch gern«, erklärte Justus. »Es gibt nur einen Weg, das herauszufinden.«

»Mich kriegen da keine zehn Pferde rein!«, rief Peter sofort dazwischen. Justus wollte ihn überzeugen: »Überleg doch mal! Was sollte uns schon Schlimmes erwarten? Wolfman ist weg, Lara ist weg und den dritten Mann gibt es nicht.«

Peter schien nicht beruhigt. »Und wer plappert da im Radio? Wolfmans Geist?« Dann musste er selbst grinsen. »Na schön, gehen wir rein. Doch sowie wir was Verdächtiges entdecken, hauen wir ab.« Damit waren alle einverstanden.

Sie kletterten in den Truck und gelangten in den Raum, in dem Lara die Telefongespräche annahm.

In diesem Moment hörte man aus dem Sendestudio Wolfmans Stimme: »Halt, hier geblieben!« Die drei standen wie angewurzelt. »Schaltet nicht um, denn Wolfman hat noch einen Leckerbissen für euch. Diesen Hit sang ich schon als Kind auf dem Schulhof und jetzt hat ihn eine Band aus London gecovert und neu eingespielt. Lauscht rein und sagt mir, ob er euch gefällt!«

Alle atmeten erleichtert auf. Bob hörte eine Weile zu und meinte: »Nicht schlecht, aber ich fand das Original besser.«

»Dafür ist jetzt keine Zeit!«, zischte Peter.

Langsam ging Justus auf die Tür zu. Er drückte die Klinke nach unten und schob behutsam die Tür auf.

»Kannst du was erkennen?«, flüsterte Bob.

»Noch nicht . . .«, antwortete Justus und steckte seinen Kopf durch den Spalt. Dann öffnete er die Tür mit einem Ruck. »Ich hab es mir gedacht!«, rief er laut und deutete auf das Sendepult. »Die ganze Zeit lief ein Tonbandgerät.«

Wolfman hatte Teile seiner Sendung anscheinend vorher aufgenommen und spielte diese nun ab.

»Jetzt wird manches klar«, sagte Justus. »Er hat sich damit das perfekte Alibi geschaffen. Natürlich musste er immer rechtzeitig wieder zurück sein von seinen Klautouren. Irgendwann kann das Band zu Ende sein.«

»Und uns hat er gestern erzählt, er müsste noch ein paar Scheiben sortieren«, regte sich Peter auf.

Justus sah sich im Studio um und machte eine Entdeckung. »Guckt mal, was ich gefunden habe. Hier ist die Kassette von Onkel Titus und das ist endgültig der Beweis. Leider ist Wolfman auf und davon.«

Plötzlich klingelte das Studiotelefon.

»Wer kann das denn sein?«, fragte Bob überrascht.

»Es gibt nur einen Weg ...«, begann Justus und Bob ergänzte: »... das rauszufinden. Ich weiß.«

Justus nahm den Hörer ab.

»Hallo, ich bin es, Wolfman. Lara, ich steh in einer Telefonzelle. Ich bin überall herumgefahren, aber bekomme am Sonntag nirgends Werkzeug für das verdammte Schloss. Wir sollten so schnell wie möglich verschwinden und mir ist eingefallen, dass du vielleicht mit einem schweren Wagenheber die Tür aufstoßen könntest. Danach setzt du dich in den Truck und wir treffen uns in ...« Auf einmal stockte Wolfman. »Lara? Bist du es? Lara, hallo ...?«

Alle drei lauschten dicht gedrängt am Hörer und sagten kein Wort.

»Wenn du es nicht bist, Lara, wer zum Teufel ist da am Apparat?« Dann legte Wolfman auf.

»Der lässt sich hier nicht mehr blicken«, begann Bob. Peter stimmte ihm zu: »An seiner Stelle würde ich jetzt das Weite suchen.« Justus lief nervös im Studio auf und ab und grübelte vor sich hin. »Vielleicht gibt es doch noch eine Chance. Ich halte Wolfman nicht für einen eiskalten Kriminellen. Vielleicht wäre es einen Versuch wert, ihn auszutricksen.«

Dann setzte sich Justus langsam auf Wolfmans Stuhl und sah auf den roten Knopf am Mischpult. Vor seiner runden Nase baumelte lauernd das Mikrofon.

»Was hast du vor, Just?«, fragte ihn Peter. Auf dem Tonband wollte Wolfman gerade jemanden grüßen, als Justus plötzlich das Stromkabel herauszog. Wolfmans Stimme stoppte abrupt.

Nun war es still im Studio. Dann setzte sich Justus den Kopfhörer auf und drückte entschlossen auf den roten Knopf. An der Wand erleuchtete das ON-AIR-Zeichen. Ganz Rocky Beach konnte ihn nun im Radio hören. Jedes Atmen, jedes Räuspern und jedes Wort. Justus holte tief Luft und sprach ins Mikrofon:

»Wolfman, hören Sie mich? Ich weiß, dass Sie ein

Radio an Ihrem Motorrad haben. Hier spricht Ju...«
Er biss sich auf die Lippen.

»Mann, sag doch irgendeinen Namen!«, wis-
perte Peter ihm ins Ohr.

Justus lief rot an, doch plötzlich sprudelte es aus
ihm heraus: »... hier spricht Alfred Hitchcock.«

Peter und Bob fassten sich an den Kopf.

Justus sprach weiter: »Ich weiß, wer Sie sind und
was Sie getan haben. Ihr Alibi ist aufgeflogen. Lara
hat mir alles erzählt. Stellen Sie sich der Polizei. Das

ist das einzig Vernünftige, das Ihnen noch übrig bleibt.«

Lange Zeit passierte nichts mehr, doch dann klingelte wieder das Telefon. Diesmal ging Bob an den Apparat. Er hörte dem Anrufer zu und rief aufgeregt zu Justus: »He, Just, ich hab Wolfman in der Leitung. Er will, dass man ihn im Radio hören kann. Du sollst so einen kleinen grünen Knopf an der Seite vom Mischpult drücken. Hast du den?« Justus fand den Knopf. Wolfman war jetzt auch ON AIR.

»Hier ist Wolfman. Es scheint so, als habe ich ganz schönen Mist gebaut, aber was passiert ist, ist passiert. Wer auch immer dieser Alfred ist, er hat Recht. Ich sollte mich wohl lieber der Polizei stellen. Bevor ich aber für eine Weile abtauche, möchte ich allen, die mir regelmäßig zugehört haben, etwas sagen: Ich werde euch vermissen.

Das war das eine. Da Lara anscheinend so munter alles ausgeplappert hat, will ich auch was über sie erzählen. Sie hatte die Idee mit den Einbrüchen an den Wochenenden. ›Uns kann gar nichts passieren. Wir haben das perfekte Alibi mit den aufgezeichneten Sendungen.‹ Ja, ja … ich höre sie noch reden. Sie wollte immer mehr Kohle zusammen-klauen, damit wir in Hollywood eine richtig große Radiostation eröffnen könnten. Tja, jetzt haben wir was richtig Großes … richtig großen Ärger am Hals …«

Plötzlich flackerte das Licht im Studio. Der Kontakt zu Wolfman brach ab und die Instrumente auf dem Sendepult erloschen. Nur noch eine spärliche Notbeleuchtung erhellte den Raum.

»Was ist passiert?«, schrie Peter erschrocken. »Lasst uns sofort abhauen!«

Doch dafür war es zu spät.

Sie hörten, wie der Motor angeworfen wurde, und mit einem heftigen Ruck setzte sich der Truck in Bewegung.

Straßenrennen

Alles im Studio fiel durcheinander. Justus rutschte auf seinem Stuhl nach hinten und krachte in ein Regal.

»Haltet euch fest!«, brüllte Bob und hielt sich krampfhaft an dem Sendepult fest. Peter lag am Boden und versuchte zur Tür zu gelangen. »Da muss ein Irrer am Steuer sitzen!«, schrie er panisch.

Von allen Seiten prasselten CDs und alte Schallplatten auf sie herunter. Der Motor heulte auf und im Inneren sah es aus wie nach einem Erdbeben. Dann rutschte alles noch einmal heftig zur einen Seite und es wurde etwas ruhiger.

»Ich glaube, wir sind von dem Weg mit den Betonplatten runter«, stöhnte Bob.

Justus war unter Stapeln von Tonbändern begraben. Langsam rappelte er sich auf und stolperte zu Peter. »Ich glaube, wir haben das Schlimmste hinter uns«, keuchte er.

Plötzlich krächzte eine Stimme durch einen Lautsprecher: »Das Schlimmste habt ihr noch vor euch.«

Die drei ??? sahen sich verwirrt an.

»Wer spricht da?«, rief Bob ins Leere.

»Dreimal dürft ihr Kiddies raten.«

Jetzt wussten sie, wer am Lenkrad saß: Lara.

»Na, klingelt es bei euch? Ihr seid doch sonst immer so oberschlau. Ich hab von Anfang an gewusst, dass ihr nur Ärger bringt. Wenn es gestern nach mir gegangen wäre, dann ... aber was soll's, jetzt sind die Karten wieder neu gemischt.«

»Was haben Sie mit uns vor?«, rief Justus zurück.

»Was ich mit euch vorhabe?« Lara fing an sehr böse zu lachen. »Mal sehen. Jetzt seid ihr zunächst einmal meine Lebensversicherung. Macht es euch bequem, wir haben vielleicht eine lange Reise vor uns.«

Man konnte spüren, dass der Truck an Geschwindigkeit zugenommen hatte. Justus hielt sich am Türrahmen fest und konzentrierte sich. »Wir müssen irgendetwas unternehmen. Lara traue ich alles zu. Wir brauchen dringend eine Idee.«

Er sah sich hastig im Truck um. Dann griff er sich plötzlich einen Stapel CDs. »Los, schnappt euch auch welche und dann schnell nach hinten zum Ausgang.«

Das kam so überraschend, dass keiner seiner beiden Freunde nachfragte. Schritt für Schritt tasteten sie sich nach hinten durch. Sie sahen durch die halb geöffnete Tür direkt auf die Straße.

»Haltet euch gut fest, sonst werdet ihr hinausgeschleudert!«, rief Peter den anderen zu.

Justus krallte sich an der Seitenwand fest und

warf eine CD auf die Straße. Gleich darauf flog eine nach der anderen.

»Ich verstehe!«, rief Bob ihm zu. »Du willst eine Spur legen?«

Justus nickte. Während der nächsten Kilometer waren Peter und Bob damit beschäftigt, CDs aus dem Truck zu schleudern.

»Ich kann es kaum mit ansehen«, jammerte Peter. »Ich freue mich, wenn ich eine geschenkt bekomme, und jetzt schmeißen wir die Top 100 über Bord.«

»Hör auf zu jammern. Was willst du mit den Dingern, wenn die Verrückte uns auf dem Gewissen hat.« Bob erschrak selbst über seinen Gedanken und Peter warf schnell fünf CDs auf einmal hinaus. »Machen wir uns nicht gegenseitig Angst«, beruhigte er Bob. »Justs Idee mit der Spur ist das Einzige, was uns im Moment übrig bleibt. Hoffentlich findet jemand die Scheiben, bevor es dunkel wird.«

Blaulicht

Langsam ging die Sonne unter und ein dunkelroter Streifen war am Ende der Straße zu erkennen.

»Auf jeden Fall fahren wir von der Küste weg nach Osten«, stellte Justus fest.

Die anderen beiden schien das nicht unbedingt aufzumuntern. »Das ist nicht die Hauptstraße nach Hollywood«, bemerkte Bob. »Das sind diese verwinkelten und verstaubten alten Nebenstrecken. Hier verirrt sich nur alle paar Tage mal ein Auto.«

Die CDs wurden bedrohlich knapp und langsam verließ die drei ??? der Mut.

»Und wenn wir abspringen?«, schlug Peter vor, ließ dann aber die Idee schnell wieder fallen. Kein Mensch würde das bei dieser Geschwindigkeit überleben.

Plötzlich entdeckte Justus am Horizont ein blinkendes Licht. »Seht ihr das auch dort hinten?«, stieß er hervor und zeigte in die Richtung.

Die anderen beiden sprangen auf.

»Ich kann es auch erkennen!«, rief Peter zurück. »Es ist ein Auto. Was sage ich, es sind zwei... drei... es sind haufenweise Autos. Und auf dem Dach haben die ein Blaulicht. He, das ist die Polizei!«

Alle waren völlig außer sich. Insgesamt konnten sie acht Polizeiwagen ausmachen, die stetig näher kamen. Justus bemerkte, wie der Truck stärker zu wackeln begann. »Lara hat die Polizei anscheinend auch entdeckt. Sie gibt Gas. Haltet euch fest! Das wird gefährlich!«

Der Wagen donnerte jetzt mit Hochgeschwindigkeit über die schmale Nebenstrecke. Hinter dem Truck wirbelte eine Staubwolke auf, so dass die Polizeiwagen kaum noch zu erkennen waren.

»Die fährt uns alle noch in den Graben!«, schrie Bob. Aus der Ferne konnte man leise die Sirenen hören. Kurze Zeit später war der erste Polizeiwagen direkt hinter ihnen.

»Ich glaube, am Steuer sitzt Reynolds!«, rief Peter aufgeregt.

Und tatsächlich. Reynolds gab Lichtzeichen und

griff zu seinem Mikrofon. Auf dem Dach hatte er einen großen Lautsprecher. »Jungs, bleibt ganz ruhig, wir holen euch da raus«, krächzte er.

Dann beschleunigte er und wollte den Truck auf der linken Seite überholen. Als er direkt neben ihm fuhr, lenkte Lara plötzlich den Truck zur Seite und Reynolds musste auf den Sandstreifen ausweichen.

»Die brauchen Hubschrauber«, entschied Bob.

Der Kommissar fuhr inzwischen wieder hinter ihnen.

»Solange wir hier drin sind, können die kaum was machen«, erklärte Justus. »Jetzt wissen wir, was Lara mit der ›Lebensversicherung‹ gemeint hat. Für sie sind wir so etwas wie Geiseln.«

Plötzlich hörten sie wieder den Lautsprecher krächzen. Doch diesmal war es nicht Reynolds, der da sprach, es war Wolfman. »Lara, hörst du mich, ich bin es. Ich hab mich der Polizei gestellt, und das solltest du auch. Bisher sind wir nur wegen Einbruch dran. Entführung ist eine ganz andere Sache. Hör auf, bevor etwas Schlimmes passiert!« Wolfmans Stimme zitterte. Doch der Truck raste unvermindert weiter.

»Was ist, wenn Lara ihn nicht hören kann? Oder wenn ihr alles egal ist?«, stammelte Peter. Keiner gab ihm eine Antwort.

Wolfman beschwor Lara erneut: »Lara, ich bitte dich. Halt den Wagen an! Wirf nicht unser Leben weg! Wir sitzen unsere Zeit ab und fangen wieder von vorne an.«

Eine Weile passierte nichts, doch dann verlor der Truck langsam an Geschwindigkeit.

»Sie gibt auf!«, jubelten die drei ???. Der Wagen kam allmählich völlig zum Stehen und dann ging alles ganz schnell.

Auf beiden Seiten schossen die Polizeifahrzeuge heran und aus den Türen sprangen mehrere Polizisten. Mit erhobener Waffe rannten die Beamten auf die Fahrertür zu und zerrten Lara auf den Boden. Sekunden später saß sie mit Handschellen auf dem Rücksitz eines Polizeiwagens.

Jetzt erst kletterten Justus, Peter und Bob aus dem Truck.

»Na, das ist ja eine schöne Geschichte!«, rief der Kommissar ihnen entgegen. »Meine Spezialeinheit nimmt mir den Job weg. Wisst ihr eigentlich, was hätte passieren können?« Doch richtig böse konnte er den dreien nicht sein, denn schließlich hatten sie den Fall gelöst.

»Genug geschimpft. Ich muss euch erst einmal danken. Ohne eure Hilfe hätten die beiden noch jahrelang Autos aufgebrochen.«

Nicht ohne Stolz strahlten die drei ??? ihn an.

»Jungs, was kann ich für euch tun? Wenn ihr wollt, schenke ich euch meine Ehrennadel für zwanzig Jahre Polizeidienst«, lachte Reynolds.

Justus schüttelte den Kopf und sagte: »Behalten Sie die lieber. Wir haben eine ganz andere Bitte.«

»Ihr bekommt jeden Wunsch erfüllt«, beteuerte der Kommissar.

»Dann erzählen Sie nichts unseren Eltern. Am besten erwähnen Sie uns überhaupt nicht.«

Peter und Bob nickten zustimmend.

»Nichts leichter als das«, freute sich Reynolds. »Dann nehme ich den Erfolg eben auf mein Kappe. Eine Sache müsst ihr mir aber noch verraten. Diese geniale Idee mit den CDs auf der Straße. Das ist doch bestimmt aus irgend so einem Actionfilm, oder? Wie heißt der?«

Justus stand eine Weile sprachlos vor ihm und wurde rot bis über beide Ohren. Dann sagte er leise: »Kein Film. Das war ›Hänsel und Gretel‹.«

Heimliche Helden

Der Kommissar fuhr alle drei wieder zurück ins alte Gefängnis. Auf der Fahrt erzählte er, wie Wolfman sich auf dem Polizeirevier gestellt hatte. Gemeinsam hatte man dann nach dem Truck gesucht und durch Zufall die Fährte mit den CDs entdeckt.

»Wolfman sagte mir, er wolle im Gefängnis eine neue Radiostation aufmachen. Na, vielleicht darf er das sogar. Lara wird nicht so schnell wieder rauskommen. Übrigens, im alten Gefängnis zeigte er uns das Versteck mit den gestohlenen Sachen. Ich kann euch sagen, Hunderte Handtaschen und so etwas. Der Mantel deiner Tante wird sicherlich auch dabei sein. Natürlich hatten die beiden überall das Geld rausgenommen. Wolfman beteuerte, dass sie alles für den Radiosender ausgegeben hätten. Ich glaube ihm sogar, aber helfen wird es ihm auch nicht.«

Wenig später erreichten sie das alte Gefängnis.

»Nochmals vielen Dank, Jungs, ich denke, wir

sehen uns in der nächsten Zeit«, rief Reynolds ihnen hinterher. Dann standen die drei ??? wieder allein in dem leeren Innenhof.

»Das war nicht unbedingt eines der langweiligsten Wochenenden«, grinste Justus und blickte sich um. »Und wisst ihr, warum ich das eben festgestellt habe? Weil ich den ganzen Abend nicht ans Essen gedacht habe.«

Peter und Bob sahen sich an und prusteten laut los vor Lachen.

Sie holten ihre Sachen aus dem Wachturm und gingen zu den Fahrrädern. Inzwischen war es fast dunkel geworden und sie mussten ihre Lichter einschalten.

»Meine Eltern werden mir erst mal eine Predigt halten«, stöhnte Bob. »Ich werde einfach die Schuld auf Peter schieben«, beschloss er.

»Und ich schiebe die Schuld auf Just«, grinste Peter.

»Tja, dann muss ich wohl Bob in die Pfanne hauen«, lachte Justus und alle drei fuhren fröhlich durch die Dunkelheit.

Kurz darauf trennten sich ihre Wege. Die Standpauke von Tante Mathilda hielt sich in Grenzen und todmüde fiel Justus ins Bett.

Am nächsten Morgen wurde er unsanft von Tante Mathildas lauter Stimme geweckt.

»Titus, da jammerst du mir tagelang vor, dass deine Kassette weg ist, und jetzt das!«, hörte er sie schimpfen.

Leise öffnete Justus die Tür und belauschte die beiden von oben durch das Geländer.

»Ich kann mir das nicht erklären, Mathilda. Mir ist das ein Rätsel«, entschuldigte sich der arme Onkel Titus.

»Ach was, du wirst langsam vergesslich. Hättest du einmal selbst in deine Jackentasche geguckt, hättest du die Kassette auch gefunden. Alles durcheinander, wie auf deinem Schrottplatz. Schlimm, schlimm, schlimm ...«, murmelte sie vor sich hin und verschwand in der Küche.

Onkel Titus hingegen strahlte bis über beide Ohren und hielt überglücklich seine Beatles-Aufnahme in den Händen.

Justus ging wieder in sein Zimmer und legte sich zufrieden aufs Bett. Er war noch sehr müde, denn mitten in der Nacht war er im Haus umhergelaufen und hatte sich heimlich an der Garderobe zu schaffen gemacht.

Onkel Titus ist glücklich. Doch schon bald gibt es neue Probleme auf dem Schrottplatz: Im nächsten Band kämpfen die drei ??? gegen eine Invasion von Fliegen.

STECKBRIEF

Name:
Justus Jonas

Alter:
10 Jahre

Adresse:
Rocky Beach, USA

was ich mag:
essen, lesen, unbeantwortete
Fragen + Rätsel aller Art, Schrott

was ich nicht mag:
wenn ich Pummelchen genannt
werde, für Tante Mathilda aufr...

was ich mal werden will:
Kriminologe

Kennzeichen:
das weiße Fragezeichen

ST

Na
...

Al
...

Ad
...

was ich mag:
schwimmen,
Justus und

was ich nicht mag:
für Tante Ma
räumen, H...

was ich mal werden
Profisportle...
100 Jahre al...

Kennzeichen:
blaues Fra...

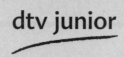

dtv junior

Ab 8

Spannung pur
mit den ???®*Kids!*

Panik im Paradies
ISBN 978-3-423-**70809**-8

Radio Rocky Beach
ISBN 978-3-423-**70810**-4

Invasion der Fliegen
ISBN 978-3-423-**70873**-9

Chaos vor der Kamera
ISBN 978-3-423-**70885**-2

Flucht in die Zukunft
ISBN 978-3-423-**70909**-5

Gefahr im Gruselgarten
ISBN 978-3-423-**70923**-1

Gruft der Piraten
ISBN 978-3-423-**70980**-4

Nacht unter Wölfen
ISBN 978-3-423-**70981**-1

SOS über den Wolken
ISBN 978-3-423-**71160**-9

Spuk in Rocky Beach
ISBN 978-3-423-**71161**-6